Sonya
ソーニャ文庫

王太子殿下のつれない子猫

市尾彩佳

イースト・プレス

contents

プロローグ

――アーニー、だーいすき！

――じゃあ結婚するか。

――けっこんって何？

――おまえの両親のように、一生一緒にいると約束することだ。

――ずっと一緒にいられるの？　じゃあけっこんする！

幼い日の他愛のないやり取りが、懐かしすぎて胸が痛い。

あの頃は〝アーニー〟が王太子だということも、自分が他人からどんな目で見られているかも知らなかった。

あれから十年。どうしてこんなことになってしまったんだろう。

今年十八歳になったゾーイは、鉄格子のはまった窓の向こうに薄雲のかかった秋の空を見る。

視界が揺れているのは、身体《からだ》が揺さぶられているせいか。

「ゾーイッ……ゾーイ……ッ！」

ゾーイをベッドに組み敷いた王太子アーノルドは、深みのある低い声で熱く切なく名を呼びながら、必死に腰を振っている。端整な顔に汗を滲《にじ》ませ、プラチナブロンドも汗でしっとり濡れている。切なげな声とは裏腹に、彼のアクアマリンの瞳には、獰猛な獣を思わせる鋭い光が宿っていた。

太くて硬い彼の雄芯が蜜壺の中を勢い良く行き来する。奥のある一点を執拗に突き上げられ、そのたびにゾーイの唇から喘ぎ声が押し出された。

「あっ……あっ……んっ……あっ……」

息も絶え絶えなその声に、ぐちゅんぐちゅんといやらしい水音が重なる。

蜜と子種が、蜜壺の中でかき混ぜられる音。

それを知ったときには羞恥と絶望で死にそうだったけれど、今はただ快楽を感じることしかできない。

どうしてわたしはここにいるの？　こんなことをしていていいの？

アーノルドが、ベッドの上から艶やかな黒髪をすくい上げ口付ける。

「君はもう私のものだ」

彼の逞しい肩越しに見える薄青の空に、ゾーイはぼんやり目を向ける。

その思考は、再び律動を始めたアーノルドから与えられる快楽に溶けて、消えた。

一章

ゾーイの目元が、不意に温かい闇に包まれた。

どきん、と大きく胸が弾む。誰なのか、すぐにわかったからだ。その一瞬ののち、ゾーイの周りにいた令嬢たちの間から「きゃー！」という黄色い悲鳴が上がる。

「だ〜れだ」

何をやっているんだろう、ひとの気も知らないで。

低く響きの良い声なのに、からかいまじりなのが残念だ。呆《あき》れたゾーイは、溜息《ためいき》をついてから努めて冷静に答えた。

「アーノルド・セントヴィアー・ベルクニーロ王太子殿下でいらっしゃるかと存じます」

「残念。すぐ当てられちゃった」

目元が解放されるのと同時に、ゾーイは身を翻して背後に立っていた彼を見据えた。

ベルクニーロ王国王太子アーノルド・セントヴィアー・ベルクニーロは、プラチナブロンドにアクアマリンの瞳をした、作り物のように美しい男性だ。人体は多少なりとも左右非対称にできているものだが、王太子にはそういったところがどこにもない。それが作り物めいて見える要因だろう。

それだけではなく、高い頬骨や男らしい鋭利な線を描く頬から顎のライン、そして吸い込まれそうな切れ長の目が、完璧な造形にさらなる美しさを添えている。

が、その完璧な美しさも、今は彼の言動で台無しになっている。

「どうしてバレちゃったのかなぁ。声音も変えたのに」

王太子はぼやきながら頭をかく。頭上に載った、ベルクニーロ王国では王族しか戴くことを許されないサークレットが落ちそうになるのを見て、令嬢たちが「あ！」と声を上げる。ゾーイは手を伸ばして載せ直したくなる衝動をぐっとこらえ、自分に言い聞かせた。

駄目よ駄目。淑女のすることじゃないし、王太子殿下の頭に手を伸ばすなんて無礼だわ。それに、殿下なら大丈夫。

王太子は落ちる寸前だったサークレットを、危なげなく頭上に戻す。

彼はこういう人だ。サークレットが落ちそうになるのがわかっていて頭をかき、ぎりぎりまでゾーイが手を伸ばすのを待っていた。そこでゾーイがサークレットを直したら二人の親密さをアピールすることになる。王太子の狙いはそれだったのだろう。

だけど、その手には乗らない。ゾーイはつんと澄まして先程の問いに返事をする。

「王家主催の夜会でこのようなふざけたことをなさる方は、殿下以外におられないからです。それで、また護衛の方々を撒《ま》いてこられたのですか？」

「護衛がいたら、目隠しなんて失敗するに決まってるからね」

「撒かれた方々がお可哀そうです。護衛の任務を何だと思ってらっしゃるんです？」

「護衛対象を見失うほうがどうかと思うけど？」

「殿下はお生まれを間違えたのだと思います。隠密になることができれば、素晴らしい成果を挙げられたでしょうに」

嫌味を言ったのに、王太子は何故か眩《まぶ》しそうに微笑む。

「相変わらず手厳しいね」

その笑顔を見て、ゾーイは自分の頬が熱くなるのを感じた。

なに顔を赤らめてるのよ？　王太子にあるまじき行いをした殿下がかっこいいわけないじゃない。

照れ隠しにつんとそっぽを向けば、周りの令嬢たちも頬を染めてぽーっと我を忘れているのに気付く。

貴族令嬢が口にしていい言葉ではないけれど、ぶっちゃけ王太子はモテる。彼の魅力は容姿の良さや身分だけじゃない。

弱冠十三歳にして大陸一の教育水準を誇る学園国家テンブルス共和国へ留学。飛び級をして、たった三年で大学の学位まで取得。帰国後は国政の一翼を担い、国が抱える様々な問題を解決してきた。その中でも最大にして最も有名なのが、隣国との戦争回避だ。

ベルクニーロとかの国との間では、国境線を巡り絶えず小競り合いが繰り返されている。九年前、王太子が十八歳の年にそれが深刻な争いとなり、両国とも大隊を派兵する一触即発の事態となった。

そのとき、両軍の間に割って入って双方を撤退させたのが王太子だった。どういった駆け引きがあったかは公表されていないが、両軍が衝突すれば発生したであろう多大な被害を回避したことは間違いない。そのため、王太子は英雄と讃えられている。

顔良し頭良しの英雄で、しかも本物の王子様とくれば、憧れる女性は数知れず。王太子が独身で婚約者もまだ決まっていないことから、自分がもし王太子妃に選ばれたらと夢見る令嬢も多かった。

しかしあることをきっかけに、状況は変わった。

近くにいた令嬢の一人が、大仰な口調で言った。

「王太子殿下にそのようなお言葉をかけて許されるなんて、本当に羨ましいですわ」

さすがに王太子の前であのことを口にする度胸はないようだけれど、彼女の言い方や表情に微かな妬みが感じられる。不遜にも王太子の前でゾーイに話しかける者が現れたことで、他の令嬢たちも次々あとに続いた。

「さすがは財務大臣マーシャル伯爵のご令嬢ですわ」

「お兄様は王太子殿下の腹心ドミニク・ハンセル様ですし」

「王太子殿下に特別扱いしていただけるなんて羨ましい限りですわ」

ゾーイは作った笑みを引きつらせそうになりながら、心の中で「父兄の七光りってはっきり言ったらどう？」と悪態をついた。

彼女たちが言った通り、ゾーイはマーシャル伯爵家の娘で、当主である父は財務大臣、兄は王太子の補佐を務めている。そんな父と兄を持つゾーイだから、令嬢たちは会話にそれとなく嫌味をまぜるだけで我慢している。ゾーイがそれに気付いていないと思っているならお笑い草だ。

他にも気付いていることがある。彼女たちがゾーイの髪を見るとき、その目に嫌悪や侮蔑が見え隠れするのだ。

ストレートの艶やかな黒髪は、異国の血が混じった証。

かつては帝国と名乗り、全盛期には大陸のほとんどを支配していたベルクニーロ王国には、血統主義という思想がある。この国の王侯貴族は神より支配者として選ばれた尊い存在であり、平民のみならず他国の者は王侯貴族であっても卑しむべきという考え方だ。

加えて髪も目も明るい色であるほど尊いとされ、王侯貴族の中で黒髪や黒目を持つ者はマーシャル伯爵家にしか存在しない。異国から嫁いできた黒髪黒目の母と、その母から黒髪を受け継いだ兄とゾーイの二人だけだ。

そんな卑しむべき色を持つゾーイに何故令嬢たちが近付いてくるかというと、マーシャル伯爵家の〝お情け〟なくしては生きていくことが難しいからだ。

血統主義が高じるあまり自分たち以外の者を虐げてきたベルクニーロの王侯貴族は、あるときを境に相次ぐ反乱によって領土を次々奪われていった。最終的に残ったのは大陸北部の一角で、そこに大勢の者が逃げ込んだ。

ベルクニーロの王侯貴族は他者を見下す一方で、身内を大事にする傾向がある。所領を捨て逃げてきた者たちを、先にその地に逃げ込んでいた皇帝は受け入れたばかりか、身分に見合った体裁を保てるだけの金銭まで与えるという過ちを犯す。

当時の皇帝は、反乱軍が興した新興国の数々に取り囲まれるという状況にあってもなお、ベルクニーロがかつての繁栄を取り戻せると考えていた。貴族たちに金銭をばら撒いたのも、彼らがその恩に報いてくれるものと信じてのことだった。

だが、現実は敗戦に次ぐ敗戦で国土を取り返せないばかりか、貴族たちへの援助のせいで国庫はひっ迫し、国力は落ちていく一方。

その滅茶苦茶な政策を支えたのが、ゾーイの先祖である平民の出のハンセル一族だった。

帝国の拡大とともに豪商としてのし上がっていったハンセル一族は、ベルクニーロが衰退期に入っても繁栄を続けてきた。表向きベルクニーロと縁を切ったように見せかけ、新興国と誼《よしみ》を結んで商売を広げていくことで。

そうして得た潤沢な財産の一部を、ベルクニーロに献上し続けた。それは、ある意味裏切ってしまった祖国への罪滅ぼしだったのかもしれない。

新興国に囲まれて滅亡目前だったベルクニーロを救ったのも、ハンセル一族だった。故国と新興国との間を取り持ち、相手方に多額の賠償金を支払うことによって和平を成立させた。その頃からベルクニーロは、帝国ではなく王国を名乗るようになる。

ハンセル一族は、今もなお毎年莫大な金銭を国に献上している。時の皇帝が始めてしまった貴族への援助金は、民から納められる税だけで賄えるものではないからだ。

ハンセル一族の長がマーシャル伯爵位を賜って貴族になり、王家より財務大臣の地位を世襲する権利を授けられたのは、ベルクニーロが得る莫大な献上金を、新興国たちが警戒したからだった。その金を使って軍備を調えられたら、ベルクニーロが再び侵略を始めるに決まっている――というのが、各国の見解だった。

当時すでに各国の信頼を得ていたハンセル一族は、献上した金銭の使い道にも責任を持つことを条件に、ベルクニーロへの献上を黙認してもらう約束を取り付け、ベルクニーロ王家にその話を伝えた。

義理堅いハンセル一族の長の話を聞いて、当時のベルクニーロの国王も決断をした。それがすなわち、ハンセル一族に国庫を管理させるための叙爵と財務大臣の世襲だった。

この大きな決断には血統主義を貫く多くの貴族が反対したが、国王はハンセル一族がベルクニーロを救った事実を取り沙汰して黙らせた。

それから百年余り。戦争がなくなったのはもちろんのこと、国境での小競り合いも稀になった現在、ハンセル一族――マーシャル伯爵家からの献上金は、引き続き貴族たちへの援助金に使われている。これがなければ体裁を保つことすらできない貴族がほとんどだ。

ゆえに貴族たちが、マーシャル伯爵に阿《おもね》るのは仕方のないことだった。

彼の機嫌を損ねれば、最悪援助金を打ち切られる。逆に機嫌を取っておけば援助金が増えるかもしれないし、国王の覚えもめでたいマーシャル伯爵と懇意になれば、より良い地位を得るチャンスに恵まれるかもしれない。

様々な思惑により、父と兄だけでなく、ゾーイにまで擦り寄ってくる人間は後を絶たない。各家の当主が直接おべっかを使ってくることはないが、娘に言い含めて取り巻きをさせていることをゾーイは知っていた。

――お父様とお母様に言われなければ、誰があんな子の取り巻きになるもんですか。

――あなたも？　わたしもよ！

そんな内緒話を偶然耳にしてしまったとき、ゾーイの胸中にあったのは「やっぱり」という諦観だった。

ゾーイの周りにいる令嬢たちは、所謂〝取り巻き〟だ。こちらが望んだわけでもないのに集まってきて、ゾーイを中心とした貴族令嬢の派閥を作り上げてしまった。

ただし、彼女たちはゾーイの友人と公言しながら、異国の血という拭い去れない〝欠点〟を持つゾーイを嫌悪し、見下している。ゾーイに利用価値がなくなればすぐに崩れ去るであろう脆い結びつきだ。

ゾーイの利用価値。それは父や兄に近付いて、今より良い地位や身分を得る足がかりだ。親から言われているのだろう。皆ゾーイに取り入ろうと必死な様子が窺える。これでは本当の友情など育ちようがない。

とはいえ貴族社会はそういうものだとわかっているから、ゾーイも話しかけてきた令嬢とそつなく会話をする。

が、全員が全員そういう令嬢というわけではない。

「あら。ゾーイ様のお父上も兄君も素晴らしい方ですけど、それだけで一令嬢に目をかけられるほど殿下はお暇な方ではございませんわ。殿下とゾーイ様は幼馴染と言っていいほど親しくなさっていたそうですもの。殿下はゾーイ様に、何かしらの魅力を感じていらっしゃるに違いありませんわ」

涼やかな声でそう言ったのは、ゾーイの〝友人〟の一人、クサンダ伯爵令嬢マーガレット・スマイリだ。深緑の目をした大人びた美人顔に無邪気な笑みを浮かべながら、王太子のほうを見て、そうでしょう？　と言いたげに小首を傾げる。彼女のまっすぐな亜麻色の髪が、その動きに合わせて揺れた。そんな彼女に、王太子は満足げな笑みを返す。

「よくわかっているね。マーガレット嬢」

「恐れ入ります」

このまま話をまとめられては困る。ゾーイは慌てて反論の言葉を探した。

「幼馴染なんかじゃありません！　幼い頃、少しばかり遊んでいただいただけで……」

「あの頃のゾーイは素直だったなぁ。結婚の約束もしてくれて」

周囲から「きゃあ！」と明るい悲鳴が上がり、ゾーイは頭を抱えたくなった。

「〰〰それはものを知らなかった幼い頃の話です。戯言とお考えください」

「言ったこと認めたね？」

にやりと笑う王太子に、ゾーイはしまったと言葉を詰まらせる。

王太子と出会ったのは十二年前、ゾーイが六歳の頃のこと。留学を終えて帰国した兄が自宅に招いた友人、それが王太子だった。あまりの美しさに人だと思えなくて、物陰からどきどきしながらこっそり見つめたのを覚えている。彼に気付かれると驚いて一目散に逃げて。そんなことを繰り返した。

ゾーイが王太子と仲良くなったのは、我が家に遊びに来るようになって何度目かのある日、彼が猫のぬいぐるみを持ってきたのがきっかけだった。

――こんにちは。可愛らしいお嬢さん。僕は猫のアーノルド。

人だと思えないほど美しい人が拙い腹話術をする様子があまりに滑稽で、ゾーイはお腹を抱えるほど笑ってしまった。笑っている間に王太子は目の前まで来てしゃがんで、ぬいぐるみの前足を振りながらこう言った。

――僕とお友達になってくれる？

――……うん。

こうしてゾーイは王太子と友達になった。

その後、王太子はしばしば夜にやってくるようになった。多忙になって、昼間あまり抜け出せなくなったからだという。ゾーイは、兄も忙しそうにしているから、それと同じだとばかり思っていた。

当時は彼が王太子であることも、王太子という存在がどういうものかもまったく知らなかった。初めて友達ができたことがただただ嬉しくて。だから慌てる父や兄を尻目に、いつもと変わらない口調で彼に話しかけ、おままごとにも付き合わせた。結婚の話も、おままごとの延長だったと思う。

あの頃の自分を叱りたい。王太子相手に何という無礼な言動をしてしまったのか。その結果が人前でじゃれついてくる今の彼の言動だなんて笑えない。

何と言えばわかってもらえるのか、悩みながらひとまず謝罪を口にした。

「当時は大変なご無礼をして申し訳ありません。子供の戯言《たわごと》と思い、寛大な御心でお忘れいただけたらありがたく存じます」

王太子はがっかりしたように溜息をついた。

「堅苦しいなぁ。昔みたいに気安く話してくれないのかい？」

「……ご容赦ください」

顔に張り付けた笑みを引きつらせそうになりながら、ゾーイは返事をする。

「ゾーイ様、そんなにつれなくなさらなくてもよろしいのに」

「少しばかりでも可愛がっていただけたなんて羨ましいですわ」

ゾーイはぎょっとして、今の言葉を口にした令嬢に目を向けた。可愛がるだなんて、聞く人によっては誤解を与えかねない。王太子とゾーイが〝好い仲〟だなんて噂が立ったら、王太子に迷惑がかかる。

早く話を逸らさねばと焦るゾーイの気も知らず、王太子がゾーイの隣にするっと立つ。

「小さい頃だけじゃなくて、今も可愛がってるよ」

王太子の片腕が首元に回り、そのまま抱き寄せられる。ゾーイの胸がまた高鳴り、表情を取り繕えなくなりそうになる。が、周りから再び「きゃー！」という悲鳴が上がり、ゾーイははっと我に返った。

令嬢たちの羨望や妬みの視線の中、慌てて王太子の腕を外しにかかる。

「殿下がなさっているのは可愛がっているのではなく嫌がらせというのです」

王太子はさして抵抗せずゾーイを放し、ぼやき声を上げる。

「酷いなぁ」

「殿下。そろそろ妹をおふざけから解放してやってくださいませんか？」

「ドミニク」「お兄様」

王太子とゾーイの声が重なる。二人が同時に振り返った先に、ゾーイと同じストレートで艶やかな黒髪を持つ端整な容姿をした男性がいた。

マーシャル伯爵嫡男ドミニク・ハンセル。王太子とともに留学した学友の一人で、王太子と同い年。帰国直後から彼の秘書官となり、様々な問題を解決する主を支えてきた。王太子が国王となりマーシャル伯爵位を父から継承すれば、財務大臣になることがすでに決まっている。

兄の登場と同時に、令嬢たちがまたもや色めき立った。ゾーイに向ける作り笑いとは違う。頬を染めてそわそわする様子は、令嬢たちが演技でできる類のものじゃない。

そんな周囲の熱い視線に気付いていないふりをして、兄は礼儀正しく王太子に告げた。

「国王陛下がお呼びです」

王太子は表情を険しくした。

「お加減がよろしくないのか」

「はい。そろそろ退出なさりたいとのこと。殿下に代理を務めてもらいたいと仰せです」

国王は、先月の終わり頃から急に体調を崩し始めた。暑くなり始めだったため暑気あたりなのではと侍医たちは診断し治療にあたっているが、良くなるどころか日に日に悪化している。前々から決まっていた今日の夜会には顔を出したものの、始まってさほど時が経っていないのに退出とは、よほど具合が悪いらしい。

父親の体調不良はさぞかし心配だろうと思いきや、王太子はぶつくさ文句を言った。

「どうせ代わり映えしない挨拶が続いてるんだろう？　私が行かずとも、陛下が退出されるタイミングで終了にしてしまえばいいじゃないか」

「そういうわけにはいきません。宰相閣下も殿下にお願いしたいことがあるそうで」

王太子は鬱陶しそうに前髪をかき上げた。またサークレットが落ちかける。

「はー……しょうがないな。これも務めだ。行くとするか」

落ちかけているサークレットを視界に入れまいと、ゾーイは目を伏せる。だが、王太子はゾーイを放っておいてくれない。悪戯っぽい口調で話しかけてくる。

「ゾーイも一緒に来てくれる？　ゾーイが一緒なら何をするのも楽しいと思うんだ」

ゾーイは兄に似た笑顔を作り、慇懃《いんぎん》無礼《ぶれい》に答えた。

「お許しください。拝謁の場にお邪魔するなど、考えただけで胸が潰れる思いがいたします」

すると、王太子の視線がゾーイの顔から胸のささやかな膨らみへと下がる。

「胸が潰れる？　それは大変だ」

ゾーイは両腕で胸を隠して叫んだ。

「そういう意味じゃありません！」

「ゾーイ。あんまり騒ぐと目立ってしまうよ」

ドミニクに言われ、はっと我に返る。周囲を見れば令嬢たちが恥じらいながら目を逸らしていて、ゾーイは顔を上げていられなくなった。

「殿下。おふざけのおつもりでしょうがやりすぎです。他の令嬢方も大変お困りになっていますよ。さあ、お急ぎください。国王陛下がお待ちかねです」

「ゾーイ、またね。いい子にしてるんだよ」

頬を撫でられ、ゾーイはぎょっとして後退り、頬に手を当てて隠す。

その反応がお気に召したのか、王太子は楽しそうな表情を残し離れていく。それに付き従うドミニクが、ちらりと振り返り悪戯っぽく笑って小さく手を振った。次期国王の側近らしからぬお茶目な行動だ。ゾーイは噴き出しそうになるのをこらえて、微かに手を振り返す。

王太子の姿が人混みに紛れて見えなくなると、ゾーイはほっと息をついた。でもこれで終わりではない。二人と話をしている間は数歩離れていた令嬢たちが、再び近付いてくる。

「あんな素敵なお兄様がいらっしゃる上に、王太子殿下の覚えもめでたいなんて、本当に羨ましいですわ」

「お披露目はいつなんですの？　真っ先にお祝い申し上げたいわ」

面倒くさいとゾーイは思う。そういう言い方をされたら、こう返すしかない。

「どなたかお祝い事がありますの？」

令嬢たちはくすくすと笑い合う。

「おとぼけにならないで。もうお決まりになったのでしょう？」

「先程のような親密なご様子を見せられましたら、疑いようがございませんわ」

言外に、王太子とゾーイは結婚するのだろうと言ってくる。そんな彼女たちには内心呆れてしまう。

わたしなんか王太子妃に相応しくないって思ってるくせに。

いらっとして、ゾーイはつい突っかかるような言い方をしてしまう。

「何のお話かさっぱりわかりませんわ。わかりやすく教えてくださる？」

「いやですわ、おとぼけになって。その……なさったんでしょう？　殿下と口付けを」

それを言った令嬢は途中から声をひそめたけれど、それでも周囲には丸聞こえで、またもや「きゃー！」と悲鳴が上がる。

そこまではっきり言われてしまうとは思わず、ゾーイは対処するのを数瞬忘れた。

確かにキスをしたのは事実だ。目撃者が複数いるから否定はできない。言い訳したいけれどするわけにはいかない。あのキスは親友を醜聞に巻き込まないよう、衆目を逸らすためにしたことだから。

そのとき、非難と侮蔑のまじった声が、ゾーイを現実に引き戻した。

「破廉恥な話で盛り上がるなんて、品性を疑いますわ」

はっとして声のしたほうを見れば、細かなウェーブのかかった金髪に吊り目がちな紺の目をしたボース公爵令嬢ヴェロニカ・ノンウォードが、顎を上げ、美しい顔が台無しになるような醜悪な笑みを浮かべてゾーイを見据えていた。

「卑しい血を持つと、ふしだらな真似を人前でするだけにとどまらず、公の場でそれを自慢するような恥知らずなこともできてしまうのね。そんな人にベルクニーロ王国の貴族を名乗られてはいい迷惑ですわ」

ヴェロニカの言葉を受けて、彼女の背後を固める令嬢たちがくすくすと嫌な笑いを交わす。

自慢した覚えはないし、ふしだらな真似を人前でしたと非難するなら、その言葉は王太子に向けてほしい。――そう言いたいが、言ったところで彼女を怒らせて面倒なことになるだけだ。かといって慎重に言葉を選んで友好を築こうとしても意味がない。

彼女の目的は、ゾーイと戦い勝利することで、仲良くするという選択肢は存在しないのだから。

彼女の父ボース公爵オグデ・ノンウォード元帥は、血統主義派の筆頭と目される人物。かたやゾーイの父マーシャル伯爵ジェローム・ハンセルは、非血統主義派の旗頭とされている。厳密に血統を守り尊ぶ一派とは別に、優秀であればベルクニーロの王侯貴族以外の血が混じっていてもいいと考える一派のことを非血統主義派と呼ぶ。

もっとも、本当に血統を気にしていないわけではなく、血統主義派の中では出世できないがためにあえてそう名乗る者ばかりだ。ゾーイの〝取り巻き〟の令嬢たちも、そんな非血統主義派に属している。

マーシャル伯爵家は表立って非血統主義派を名乗ったことはないが、元は平民で次期当主には半分異国の血が混じっていることからそう見做《みな》されている。そのため、非血統主義派の人々はマーシャル伯爵家の人々の周りに集まり、血統主義派と対立している状況だった。

互いに対立派閥の長と言える父親を持つゾーイとヴェロニカが近付くことを、派閥の人々は許しはしないだろう。ヴェロニカもゾーイと仲良くする気などさらさらなさそうだし、ゾーイ自身もヴェロニカと仲良くしたいとは思わない。派閥のことがなかったとしても、気位の高いヴェロニカとはそりが合わないだろうとひしひし感じている。

一言も言い返さないゾーイに代わって、非血統主義派の令嬢たちがわざとらしく話を始めた。

「婚期を逃しそうな方の焦りが見えますわね」

「意中の御方は別の方に心を決めてらっしゃるようですのに。諦めが悪いというのもいっそ憐れですわ」

ヴェロニカは今年で二十歳。十八歳で社交界にデビューしてすぐに王太子妃になると公言し始めたのだけれど、当の王太子はまったく無視している。二人の間に縁談が持ち上がったこともなければ、特に親しくなったという話も聞かない。

貴族令嬢というものはデビューしてから年を経るごとに結婚が難しくなるし、結婚以外に明るい未来はまずないと言っていい。実家でひっそりと暮らすか修道院に入るか。いずれにせよ社交界では落伍者扱いされて、家族にも恥をかかせる。だからどの令嬢も、デビュー後三年以内にせめて婚約まではこぎつけるよう努力する。

ヴェロニカに残された時間はあと僅かだ。それでも王太子を諦めない意志の固さには感心する。そんなところには敬意を示して触れないでいたいのだけれど、非血統主義派の令嬢たちは容赦がない。

ヴェロニカは顔を真っ赤にして拳を震わせた。が、すぐに気持ちを切り替えたようで、半目になってふふんと笑う。

「あとで後悔なさってても知りませんことよ。――わたくし、これから王太子殿下と歓談することになっていますの」

得意げに言うヴェロニカに、ゾーイの取り巻きの一人が意地悪を言う。

「あら？　王太子殿下は先程までこちらにいらっしゃいましたけれど、国王陛下の代理をされるため、陛下の御元へ向かわれたばかりですわよ？」

「わたくしもその場に呼ばれているのです。宰相様が殿下とゆっくりお話しできるよう段取りを組んでくだ――」

そこでヴェロニカは慌てて口を噤《つぐ》む。そうまでしないと王太子と話ができないということを、本当は隠しておきたかったらしい。「んっんっ」と咳払いすると、話を仕切り直した。

「ともかく！　わたくしが王太子妃になった暁には、あなた方に相応の罰を与えるから、覚悟しておくことね」

言うだけ言うと、ヴェロニカは取り巻きの令嬢たちを引き連れて離れていく。

「三年も避けられていたのに王太子妃になれるなんて、本気で思ってらっしゃるんでしょうか？」

呆れる令嬢がいる一方、不安がってこう言ってくる令嬢もいる。

「王太子妃はゾーイ様で決まりですよね？」

「皆様誤解なさってらっしゃるようですけど、わたくしが王太子妃になるなんてお話、一度も聞いたことがございません」

「ですが、先日のあの件は」

「事故のようなものです。意味なんてありませんわ」

話を戻されそうになり、にーっこり微笑んで答えれば、令嬢たちはまたもざわめく。

「それではまさか、ヴェロニカ様が王太子妃になるなんてことも……」

ヴェロニカの言った通りになるのではと青ざめる令嬢たちに、ゾーイは明るく言う。

「わたくしたちが不安がったところでどうにかなるものでもないですわ。気を楽にしましょう？」

何の慰めにもならない言葉だけれど、ゾーイがこう言ったことで、令嬢たちの顔にほっとした表情が浮かぶ。

こういうところでは信頼されてるのよねと皮肉に思いながらも、ゾーイは力付けるように彼女たちに笑顔を振りまいた。都合がいいという意味では、ゾーイも同類だ。取り巻きがいれば、血統主義派の令嬢たちもそう簡単にはゾーイに危害を加えない。そうした打算があって、ゾーイも寄ってくる彼女たちを追い払わないのだから。

ヴェロニカたちの姿が人混みに消えかけたそのとき、焦ったような声が聞こえてきた。

「ゾーイ！」

声のしたほうを見れば、ウェーブのかかった栗色の髪をなびかせ、スカートを摘まんで早足で近付いてくる女性の姿が見えた。ゾーイは慌ててそちらへ数歩向かい、勢いづいて転びそうになった彼女を支える。

「アンジェ！　ヘデン侯爵と踊っていたんじゃなかったの？」

「あ、ありがとう……ダンスなら終わったわ。それでゾーイの姿を捜したら、その、揉めてるように見えたんだもの。心配になって急いで来たの」

緑がかった神秘的な目をしたこの女性は、チェイニー伯爵の養女アンジェ・ノーラン、ゾーイの唯一の親友だ。愛らしい顔が不安げに曇るのを見て、心から案じてくれていることを感じ取り、嬉しくてゾーイの頬が緩む。

「心配してくれてありがとう。でも大丈夫よ。揉めていたわけではないの。ちょっとお話ししてただけよ」

「え？　でも」

「しっ」

何か言いかけた令嬢の一人を、別の令嬢が止める。そして物言いたげに視線を向けたアンジェに愛想笑いすると、二人でそそくさと別の令嬢の後ろへ回った。

アンジェは「やっぱり何かあったんでしょう？」とばかりにゾーイに視線を戻す。どうやって誤魔化そうかと悩んでいると、救いの手が現れた。

「久しぶりに親友に会ったんだから、積もる話があるんじゃなかったのかい？」

話しかけてきたのは、ヘデン侯爵クリストファー・ロンズデール。金髪碧眼の神々しい顔立ちをしたこの男性は、王太子とタイプは異なるが、やはり作り物と見まごうばかりの美しさだ。先月まで理想の結婚相手として令嬢たちの熱い視線を集めていたが、今ではそれもすっかりなりをひそめた。クリストファーが婚約したからだ。お相手は目の前にいるゾーイの親友、アンジェである。

実は、アンジェに気付いた途端、ゾーイの周りにいる令嬢たちの大半が眉をひそめて沈黙した。皆の憧れの人と婚約したからというのは大きな理由ではない。養女になる前の彼女の立場はヘデン侯爵義妹。血は繋がっていないけれど、アンジェはクリストファーの妹に当たる。

ベルクニーロではきょうだいの結婚は禁忌とされている。特に貴族ともなると、たとえ血が繋がっていなくともきょうだいが男女の仲になることに嫌悪感を抱く。アンジェが他家の養子となったことで義兄妹でなくなり、王太子が二人の婚約を祝福したことで表向き貴族たちも二人の婚約を受け入れているけれど、物心付いた頃から植え付けられてきた考え方はそう簡単には覆らない。ここにいる令嬢たちも口では二人の婚約を祝福していたけれど、咄嗟のときに本音がちらりと出てしまう。

「ゾーイ嬢を借りていってもいいかな？」

「ええもちろんですわ」

「ゾーイ様、行ってらっしゃいませ。アンジェ様もどうぞごゆっくり」

普段アンジェとどう接したものかと苦慮していた令嬢たちは、快く二人を送り出す。

クリストファーが案内してくれたのは、大広間の外に並ぶ休憩室の内の一つだ。扉の前に見張りを立たせ、他の人間が中に入れないようにするとまで言ってくれる。

「私たちの結婚式まであと二日だ。十分な時間が取れるのはこれで最後になるだろう。心残りがないよう、しっかり話してくるんだよ。――ゾーイ嬢、アンジェのことを頼みます。ごゆっくり」

立ち去っていくクリストファーをにこにこ見送りながら、ゾーイは内心呆れた。クリストファーは相変わらずアンジェのことしか見ていない。話しかけたのはほとんどアンジェに対してだけだし、見張りを立てると言ったのは多分アンジェへの配慮でしかない。

それに、「これで最後になる」とか「心残りがないよう」とか、何気に大袈裟だ。急な結婚式だから忙しいのもわかるし、結婚式後アンジェたちは一か月余り新婚旅行に行くことになっている。でも新婚旅行から帰ってくれば、また時間ができる。――まさか結婚した途端、妻の友達付き合いも禁止するような狭量な夫になるとは思いたくないのだが。

ちらりと過《よぎ》った怖い考えを振り払い、ゾーイはアンジェと並んでソファに座った。

「改めてお帰りなさい！　修道院や院長先生のご様子はどうだった？」

少し憂い顔だったアンジェは、ゾーイの問いかけに表情を明るくして〝里帰り〟の最中の出来事を教えてくれた。

アンジェは生粋のベルクニーロ貴族であるが、訳あって修道院で育ったという経緯がある。今年の春先に義理の兄であるクリストファーに発見され、恋に落ちて結婚に至った。

今回里帰りしたのは、育ての親である修道院長に結婚の報告をするためだったという。

アンジェはボロボロだった修道院がどれほど修復されていたか嬉しそうに話し、淋しげな笑顔で院長はもう歳だから以前のように働けないという話をする。

「でも、今はクリスが町の人を雇い入れてくれているし、修道女見習いも入ってきたから、院長先生がしなくてはならない仕事はずいぶん減ったそうなの。春先にはもうダメかもしれないって絶望してたのが嘘《うそ》みたい。何もかもクリスのおかげだわ」

夫となる人の愛称を口にしながら幸せいっぱいな笑顔になるアンジェが眩しくて、ゾーイは少し目を細める。

アンジェと出会ったのは、二か月足らず前。今年の社交シーズン開始の日のことだった。

きっかけは、兄からアンジェについて気にかけてほしいと頼まれたこと。

引き受けたとき、ゾーイの頭の中には打算があった。アンジェとの付き合いの流れで、彼女の義兄であるクリストファーと親しくなれないだろうかと考えたのだ。アンジェにもそのことは正直に話した。クリストファーを結婚相手として狙っていた理由は、単純に地位が高くて魅力的だというような当たり障りのないことしか言わなかったが、本当の理由は別にあった。

ゾーイと結婚したがる男性は多い。けれど、マーシャル伯爵家の地位や財産目当ての男性ばかりで、異国の血に対しては拒否反応を隠し切れないばかりか、あからさまに卑しみながら求婚してくるとんでもない男もいた。異国の血を気にせず、実家の地位や財産にも興味のない男性など、クリストファーくらいしかいなかった。そうしたわけで彼と結婚できたらと考えていたのだけれど、アンジェと出会って考えは目まぐるしく変化した。

今年の春先まで修道院で暮らしていたアンジェは、貴族としての教養は一通り身につけていたものの、貴族内の暗黙の了解などはまるで知らない純朴な女の子だった。

社交界でやっていけるのだろうかと心配になるのと同時に、彼女なら本当の友人になれるかもしれないと感じたゾーイは、そのときからクリストファーと親しくなることよりアンジェと仲良くするほうを優先するようになった。アンジェがきょうだいで結婚することを知ったときも、嫉妬心よりも彼女への心配のほうが勝った。

今だって幸せそうなアンジェとクリストファーを見ても、心が痛むことはない。彼のことは好ましい人物だと思っていたけれど、きっと恋ではなかったのだろう。それに、あれだけ二人の仲を見せつけられてもなお諦めないとしたら、愚かとしか言いようがない。

うっかり溜息をついて我に返る。まだクリストファーに想いを寄せていると勘違いさせたら申し訳ない。けれど、アンジェはゾーイの溜息に気付いた様子はなかった。何だかそわそわして、言いたいことがあるのに言い出せないように見える。

「何かあったの？　何でも話して。わたしたちの仲じゃない」

安心させるように微笑んだけれど、それでもアンジェは視線を泳がせて少し迷った末、言いにくそうに話し始めた。

「さっき聞いたの。この国の貴族には血統主義っていう思想を持つ人たちがいるって」

アンジェが言うには、クリストファーとダンスフロアに向かう途中、誰だかわからないけれど、一人の女性からゾーイとの付き合いを考えたほうがいいと言われたとのこと。何故そんなことを言われなければならないのかわからず、ダンスの最中クリストファーに尋ねた。そうしたら血統主義のことを教えられたらしい。

今年の五月に貴族たちと交流を始めたばかりのアンジェは、社交界に流れる噂に疎い。事実彼女がこれまで耳にした噂は、ゾーイが教えたものばかりだった。

「血統主義はわたしにも関係する話だから、何となく言いそびれちゃって……」

ゾーイが苦笑いを浮かべて返すと、アンジェも申し訳なさそうに微笑んで首を横に振る。

「謝ってもらうことは何もないわ。血統主義のことなんて、わたしは知らなくて良かったのよ。知らなくてもまったく困らなかったし。だけど、知ってしまったからにはゾーイに伝えておきたいことがあって——ゾーイ、誰が何と言おうとわたしはあなたの親友をやめないわ。クリスも血統主義なんて、他に誇れるものを持たない貴族が貴族であるための言い訳に使っているに過ぎないって言ってるし。ううん、クリスが血統主義派だったとしても、わたしはあなたの味方だわ。だいたい異国の血が何だっていうのよ。平民なら混血だっていっぱいいるし、黒髪も珍しくないの。もちろん、ゾーイみたいにストレートで艶やかな黒髪は珍しいけど、とても綺麗で何で嫌悪するのか全然わからないわ！」

憤慨するアンジェに、ゾーイは笑いが込み上げてくる。

「……叫んだりして、はしたなかったかしら？」

「ううん。アンジェがわたしのために怒ってくれて嬉しかったの」

クリストファーはアンジェに事実を正確に教えてくれたらしい。金髪をはじめとした明るい髪色が多いベルクニーロ貴族の中において、黒髪は明らかに異国の血が混じっている証拠。貴族は純血であるべきだと主張する連中にとって不都合極まりない。だから黒髪を嫌悪する。異国の血が混じるゾーイがこの国の貴族として振る舞うなど、彼らにとって本来あってはならないことだからだ。

楽しくない話を切り上げようとしたのか、アンジェは明るい声で唐突に話題を変える。

「そうだ！　聞いたわよ。王太子殿下とキスしたって。知らなかったわ。ゾーイが殿下と恋仲だなんて」

その声音《こわね》には、ちょっと拗ねたような色が混じる。これまで何度もしてきた話を繰り返さなくてはならないが、ゾーイはちっとも嫌だとは思わなかった。気の置けない親友とのおしゃべりは、よほどの内容でなければ何でも楽しい。

ゾーイは呆れた笑みを浮かべて言った。

「キスの一つで恋仲だなんて、大袈裟なのよ。あれはちょっとした事故だったの。殿下とは何でもないいわ」

「ちょっとした事故って、どんな事故だったの？　そこのところを詳しく聞きたいわ」

アンジェの無邪気な笑顔に、ゾーイは言葉を詰まらせる。

アンジェにだったらたいていのことは話してもいい。でもあのことだけは駄目なのだ。

――アンジェが気に病むといけないから。

ゾーイが王太子とキスしてまで醜聞から守った親友とはアンジェのことだ。

今から二十日あまり前、ある侯爵家の舞踏会で、アンジェは不届きな男に二階の休憩室へと連れ込まれた。義兄であり婚約者となっていたクリストファーが彼女を助けに二階へと駆け上がっていったけれど、騒音が会場にも聞こえてしまい、不審に思った出席者が様子を見に行こうと言っているのが聞こえてきた。

彼女を休憩室に連れ込んだのは、女を金蔓としか見ないあくどい男だ。第三者が姿を現せば、自己保身のためにアンジェの名誉を平気で貶《おとし》めたことだろう。ただでさえ義兄と結婚することで人々から白い目で見られているというのに、醜聞を作られてしまっては社交界の一員として致命的だ。

アンジェを醜聞から守らなくては。

どうしたらいいかわからず焦っていると、何故か王太子の声が聞こえてきた。

――醜聞になったら困るな。ベルクニーロの社交界に嫌気がさしたクリストファーが、アンジェ嬢を連れて国を出ていきかねない。

そんな理由で国を捨てたりするものだろうか。

ゾーイが疑問を口にすることはなかった。王太子が話しながらゾーイの側まで来たかと思うと、力強く抱き寄せたからだ。そして指先でくいっと顎を持ち上げ、狙いすましたかのような勢いでゾーイと唇を重ね合わせる。

頭の中が真っ白になってしまって、あとのことはぼんやりとしか覚えていない。様子を見に行こうと言ったと思われる男性がホールの扉をそっと開き、あとに続こうとした人々と一緒に唇を重ね合うゾーイと王太子を目撃した。

未だ婚約者も決まらず、浮いた噂さえなかった王太子の色事だ。目撃した人々はさぞかし驚いたに違いない。扉がそうっと閉められた直後、ホールの中は大騒ぎになり、二階から聞こえていた物音のことは忘れ去られた。

王太子の策の効果は抜群だったけれど、そのせいでゾーイが醜聞にまみれたと知れば、アンジェはもうすぐ最愛の人と結婚できる幸せも掻き消えるほどの罪悪感に駆られることだろう。結婚式前の晴れやかな気分を、こんなことで台無しにしたくない。

ゾーイは肩をすくめて、何でもないことのように話した。

「言っておくけど、わたしがキスをしたんじゃなくて、されたほうなんですからね。まあ、その、きょ、興味があったのよ。王太子殿下って好い男じゃない？　どんなキスをするのかなって興味があっただけ。キスだけなら減らないし。でも他人に見られちゃったのは迂《う》闊《かつ》だったって反省しているわ」

「……殿下はどうしてゾーイにキスしたのかしら？」

「さ、さあ？　ちょっとした気の迷いとか、そんなところじゃない？」

「わたし、殿下はそんなことで女性の名誉を傷付ける方ではないと思うの。ゾーイだってそうよ。興味本位だけで男性に唇を許す人じゃないと思う。ねえゾーイ。殿下とゾーイはお互いに好意を寄せ合っているのではないの？」

どくんと心臓が嫌な鼓動を打つ。それに気付かれないよう、ゾーイは一笑に付した。

「やあね。そんなことあるわけないじゃない。わたしは伯爵の娘で、相手は王太子殿下よ？　身分が全然釣り合わないじゃない」

「伯爵令嬢が王太子妃になることは前例がないわけじゃないってクリスから聞いたわ。だから今、殿下がゾーイを妃にするつもりなんじゃないかって噂が立っているのでしょう？」

クリストファーはそこまで話してしまったのか。ちょっとだけ面倒な気分になりつつ、ゾーイはぼやいた。

「そんな話、内々にも出ていないのよ？　それなのに噂話ばかり広まってしまって、正直参っているわ」

そのときノックの音がして、クリストファーが入ってきた。

「話はまだ終わらないかい？」

どうやら、なかなか休憩室から出てこない二人に痺れを切らしたらしい。ゾーイは助かったとばかりにソファから立ち上がった。

「さ、やきもち焼きのあなたの婚約者が待ってるわ。もう一度踊ってきて機嫌を取っておいたほうがいいわよ？」

からかいまじりに冗談めかして言えば、アンジェは肩をすくめて「そうね」と同意し立ち上がる。

ちょっと困っているようにも見えなくないが、それさえも惚気《のろけ》に見える。

ゾーイはアンジェとクリストファーを見送りがてら、大広間に戻った。二人がダンスフロアに立ち踊り出すのを、羨望の眼差しで見つめる。

幸せそうで何よりだ。――本当に羨ましい。

様々な障害を乗り越え、義兄ともうすぐ結婚するアンジェ。彼女は今、幸せに輝いている。彼女のように困難を乗り越える勇気が持てたら、ゾーイも幸せになれるだろうか。

いいえ。アンジェとわたしとでは、状況も困難の度合いも違う。

アンジェは義兄と血が繋がっていないから、他家から嫁ぐという体裁を取るだけで良かった。けれどゾーイは伯爵家の者とはいえ平民からの成り上がりの家系の生まれで、それればかりか異国の血の証である黒髪を受け継いでおり、社交界では疎まれる存在だ。そんなゾーイが、王太子の結婚相手として歓迎されると考えるほうが馬鹿だ。

わたしに、あんな幸せはやってこない。

異国の血を引くことを否応なく知らしめるこの黒髪が、ゾーイが幸せになることを許さないだろう。

母のことは大好きだ。ゾーイの黒髪が母譲りだと一目でわかっても。

ゾーイの母サラウディアは、大陸の南部に位置する国の没落貴族の娘だった。家族が離散し行き倒れていたところを、見聞を広めるべく諸国を旅して回っていた父ジェロームに助けられた。生きていく術《すべ》を持たなかった母は、旅の道連れに誘われてそれを承諾し、しばらくの間一緒に旅をしていたという。

しかし、ゾーイの祖父――前マーシャル伯爵の体調が思わしくないとの報せを受け、父は帰国を決めた。そのとき、父は母にプロポーズ。旅の間に愛を育み父と離れがたくなっていた母は、父がベルクニーロの貴族であることも血統主義のことも承知した上でプロポーズを受け入れ、父とともにこの国へやってきた。血統にこだわらない祖父は二人の結婚を認め、両親は晴れて夫婦となる。

けれど不幸はそのあとからやってきた。

帰国から数年後、ゾーイが生まれた年に祖父が逝去。それにともない父はマーシャル伯爵位を継承した。と同時に、帰国後から祖父の補佐を務めていた父が正式に財務大臣になる。すると若い夫婦は社交界で引っ張りだこになった。

何しろ、援助金を受け取っている貴族たちはマーシャル伯爵の機嫌次第でその額を増減されると思い込んでいる。物価や景気に合わせて金額を加減することはあっても、ご機嫌取り程度で額を変えたりはしないということが理解できないようで、彼らは必死に父と母を社交の催しに招待した。

だが、他国出身の母はもちろん、父もベルクニーロの血統主義を軽く見過ぎていた。

父が事態の深刻さに気付いたのは、母がある日突然ひどく怯え、夫婦の私室から一歩も外へ出られなくなってからだった。

どうしてそのようになってしまったのか、原因はすぐに突き止められた。

女性だけの催しに出席した際、母は虐めに遭い、脅迫までされていたという。異国人を敬遠して避ける者はまだいいほうで、ベルクニーロの社交界に慣れない母を嘲笑する者、社交界に母がいること自体嫌悪する者、果ては母を見下し侮辱し、父を貶める噂を流されたくなかったら自分たちに便宜を図るよう父に懇願しろと脅した者までいたとか。

母は人々の悪意に晒され辛い思いをしていたことを隠し通し、我慢し過ぎてしまったのだ。母を虐めていた者たちは父が同席している場では母にもいい顔をしていたというし、父は爵位と大臣位を継承してから多忙だった上に、外国暮らしが長かったせいで血統主義を甘く見ていたため、母の身に起こっていたことに気付けなかった。

多少の良心を持つ夫人たちから事の次第を聞き出した父は、社交の誘いをすべて断るようになった。社交界の人々は母と良い付き合いをするつもりがないと思い知らされたからだ。

考えてみれば、父は貴族たちの顔色を窺う必要などなかった。献上金というベルクニーロの生命線を握っているのはマーシャル伯爵家だ。特に援助金については法に定められているわけではなく、マーシャル伯爵の善意によるものとされている。顔色を窺われる立場にあっても、その逆はない。社交界を上手に渡っていこうと思えば付き合いを大事にすべきだろうが、妻の心を病ませた貴族たちの巣窟に、そもそも出ていかなくてもいいのではないか。金蔓とも言えるマーシャル伯爵家を陥れて得をするベルクニーロ貴族などいない。

父が気付いた通り、付き合いを断って困ったのは父ではなく、父と誼を結びたがっていた貴族たちのほうだった。

父の機嫌を取るべく〝犯人捜し〟に躍起になって、彼らの中でも一番立場が弱い貴族の夫人が〝犯人〟に仕立て上げられた。数々の証言の裏まで取って真相を摑んでいた父は、偽の犯人の謝罪を受けはしなかった。真犯人たちの家に、妻が病んだ経緯の詳細に『偽りの犯人の謝罪はいらない』の一言を添えた手紙を送り、それきり交流を断ち援助金を打ち切った。妻を傷つけられた父が、彼らに善意を施す謂われはない。

交流を断たれた家々は援助金を失ってたちまち困窮した。他家に救済を求めるも、マーシャル伯爵の怒りを買うことを恐れるがゆえに避けられ、社交界からも締め出されて没落した。

そうしたことがあったため、すでに貴族の子弟の間で差別をものともせず渡り合ってい た兄はともかく、物心がつくかつかないかの年頃だったゾーイは大層心配された。母の容姿を、目の色以外そっくり受け継ぐゾーイが、母と同じ道を辿ってもおかしくはないと思われたのだ。

どんな悪意も近付けまいと、父はゾーイが屋敷の外に出ることを禁じ、信頼できる者しか近付けないよう使用人たちに徹底させた。

そのせいで、ゾーイは友達のいない淋しい幼少期を送っていた。

そんなゾーイに、六歳になって初めてできた友達が王太子だった。

母に遠慮して他人を避けていたゾーイに気付いた王太子は、母の前以外でゾーイがどんなことをしているか話してあげたらどうかとアドバイスしてくれた。彼の言う通りにしたら母はゾーイの話を楽しみにしてくれるようになり、表情も明るくなった。一度のアドバイスでゾーイも母も幸せにしてくれた王太子に、ゾーイは感謝と尊敬の念を抱いた。

八歳の頃に交わした約束は、十八歳になった今でも昨日のことのように覚えている。

――アーニー、だーいすき！

――じゃあ結婚するか。

――けっこんって何？

――おまえの両親のように、一生一緒にいると約束することだ。

――ずっと一緒にいられるの？　じゃあけっこんする！

まさにそれが初恋だったのだろう。そのときから、ゾーイは〝アーニー〟との結婚を夢見て、花嫁修業に励んだ。教養はもちろん〝アーニー〟と結婚するにはたくさんの人と仲良くしなければならないと聞いて、父の招く親戚の子供たちと仲良くなろうと頑張った。

その中でも、平民の血を引いていたり、あるいは直接血の繋がりのある子供たちとは、多少の差こそあれ全員と仲良くなれた。今は立場の違いなどによって会う機会はめっきり減ったが、会えば思い出話に花が咲く。

だが、子供たちとの交流が順調だったのはそこまでだった。

婚姻によって親戚となった、つまり平民や異国の血が入っていない人たちが同席したときのことだ。その中の一人の女の子に、初対面の瞬間、こう言われた。

――わあ真っ黒！　気持ち悪ーい！

ゾーイはびっくりし過ぎて何の反応もできなかった。周囲の大人が慌てる中、女の子は無邪気に話し続けた。

——あなたがお母様が言っていた〝卑しい血〟の子ね？　貴族だけれど、異国人の血が混じってるから、それでずっとお屋敷の奥に隠されてたんでしょう？

場は騒然となった。女の子を大声で叱りつける女性。親はどこかと騒ぐ人々。女の子はわんわん泣き出し、人混みをかきわけ現れた父親らしき人に引きずられて去っていく。

そんな中、ただただ呆然とするしかなかったゾーイの胸には、黒髪は他人から見て気持ち悪いもの、異国の血は卑しい血という言葉が深く刻まれた。

女の子とその家族とは、それきり二度と会わなかった。騒ぎがあった翌日、父が彼らと縁を切ったと教えられ、のちに女の子の家は没落したと風の噂で聞いた。

その一件以来、ゾーイの父は再び娘が他人と会うのを制限しようとした。けれどゾーイは反抗した。

——わたしも他の子と同じようにしたい！

あの女の子の言葉を本当にしたくなかった。——卑しい血の子だから、やっぱりまた隠されたのね——そんなふうに思われたくなかった。だから貴族の子供が集まる催しへ積極的に出掛けていって、差別をものともしない態度で、兄と同じように彼らと渡り合った。

だが、世間はゾーイに容赦がなかった。

子供の集まりでも、母親が付き添ってくることがある。子供と比べ会話が達者なために、いろんな言葉で同じような侮蔑をぶつけてきた。

――まあ。本当に真っ黒ね。醜いこと。人前に出て恥ずかしくないのかしら？

――王太子殿下と仲がいいんですって？　思いあがらないことね。あなたのことは〝もののついで〟よ。財務大臣のお父上と側近候補の兄君と懇意になさるその〝ついで〟。

これを聞かされたとき初めて、ゾーイは〝アーニー〟が王太子であることを知った。こんな大事なことを友達《アーニー》から教えてもらえなかったとゾーイは深く傷付き、その傷口から毒が染み込んでいく。

――殿下はね、幼いあなたを憐れんでいるだけなのよ。『卑しい血を引くなんて可哀そうに』って。あなたが子供でなくなっても付きまとうようなら、殿下は必ずあなたを疎ましく思うはずよ。あなたが側にいるせいで王太子としての資質を疑われ、王太子妃に相応しい令嬢との縁談もまとまらない。『卑しい血の娘になど、優しくしてやるんじゃなかった』って、いずれ後悔なさることでしょうね。

聞かなかったふりをして強がっても、言葉の毒は防ぎきれない。じわじわとゾーイの内側を侵食していく。それでもゾーイが強がるものだから、父はまたしても愛する者の苦しみを見過ごしてしまった。

不運は重なった。ゾーイが遠縁の少女に『気持ち悪い』と言われる少し前から、王太子の足がぱったり途絶えていた。

十八歳になった今なら、当時王太子は戦争回避に奔走していたのだと理解している。だが幼い頃のゾーイは、手紙の中で事情を教えられても、プレゼントが届いても、彼がゾーイから距離を置こうとしているようにしか感じられなかった。そのことがゾーイに追い打ちをかけ、一年経たずにゾーイの心は貴族たちから投げつけられた言葉の毒に染まった。

つまり、異国の血を引く卑しい自分は、王太子の側に在るのに相応しくない。王太子に疎まれる前に、自分から距離を置くべきだ、と。そうしてゾーイは、無自覚のうちに、誰も取り除くことのできない自らを卑しむ心を植え付けられたのだった。

すっかり毒に染まったゾーイは、傷付くのを恐れて「王太子と結婚できるわけがない。ずっと一緒にいられるはずがない」と自分に言い聞かせて、待てども来ない王太子を必死に諦めようとした。

あと一月で十一歳になろうという頃、夜中に寝室の窓を叩く懐かしい音がした。

――ゾーイ、開けてよ。中に入れて。

周囲を憚《はばか》るような、小さく、低く染み入るような声に、ゾーイの心は震えた。

本当は開けたい。王太子に抱き着いて、会えなかった間にぽっかりと空いた心を埋めたくてたまらない。

けれど、今それをしたところで、また会えない時間が続けば再び心に穴が空くだろう。

そのたびに、彼に埋めてもらうの？　いつか二度と来なくなるのなら、耐えられるうちに彼がいなくても平気でいる努力をすべきなんじゃない？

ゾーイは枕の下に頭を埋めて、王太子の声を聞くまいとした。「今会えば、余計に辛くなるだけだから」と心の中で繰り返し、王太子を拒絶した。

そんな夜がどれほど続いただろう。ある日、王太子はぷっつりと姿を現さなくなった。

夜が明けても窓を叩く音がしなくなったことにほっとしたはずなのに、目からは何故か涙が溢れ出た。そんな日が数日続いたのち、夜眠れるようになって涙を流さなくなった。そうなってようやく、ゾーイは幼い恋に終わりを告げることができたのだった。

王太子が会いに来なくなってからも、兄を通じて定期的に手紙が届いた。ゾーイは兄に返すよう頼んで、手紙が届いたこと自体なかったことにした。

しかし去年、十七歳にして社交界デビューを果たすと、王太子は六年前から没交渉だったのが嘘みたいに親しげに近付いてきた。

せっかくわたしから離れてあげたのに、殿下はいったい何を考えてらっしゃるの？

ゾーイはあらゆる手を使って王太子を避けた。王太子が出席しそうな催しはできるだけ欠席し、やむを得ず出席したときは広い会場内で出くわさないよう距離を取ったり別室に移動したりして。

だというのに、王太子は目敏く見つけては昔と変わらぬ気安さでちょっかいを出してくる。ひとの気も知らないで――という苛立ちもあり、ゾーイは王太子の〝挑発〟に乗って、身分を知らなかった頃の無礼な態度をうっかり出してしまう。

そんなことでは駄目なのに。王太子に知られてはならない。とげとげしい言葉を口にしながらも、彼が側に来るだけで幸せな気分になることを。

王太子と距離を置きたいのにできない。そんな中途半端な態度を今年の社交シーズンまで引きずってしまったところに、あのキス事件だ。

ここ二十日あまり、ゾーイはいろいろ言われた。先走った祝福の言葉や真偽をそれとなく尋ねる言葉、王家の血を卑しめるつもりかと叱責する言葉など。中でも、「あなた、自分が本当に王太子殿下に相応しいと思っているの？」という嘲笑はこたえた。

そんなこと言われなくてもわかっている。

わかっているはずだったのに、ゾーイはキスを拒めなかった。

突然のことに驚いて、頭の中が真っ白になってしまったのは本当のことだ。でも、そんなのは僅かな時間だけ。そのあと、突き飛ばすなり暴れるなりして、キスから逃れることは可能だったはずだ。相手が王太子とはいえ、女性が貞操の危機から逃れるのに手段を選んでなどいられない。

なのに、ゾーイは抵抗しなかった。できたはずなのにしなかった。

そのままキスをし続けていたいと願ってしまったから。

結婚どころか側にいることも叶わぬ人との、思いがけない出来事。こんなこと二度と起こりようがないと思ったら、彼の手を振りほどくことなんてできなかった。

何度も角度を変え、啄むように触れてきた、思いの外柔らかな唇。ドレスに包まれたゾーイの身体を、夜会用の正装をまとった王太子の腕が掻き抱く。ゾーイの手は彼の背中に回り、しがみつかずにはいられなかった。

天にも昇るような幸せな時間は、二階から近付いてくる足音によって終わった。

それから今になるまでずっと、幸せから切り離された胸の痛みが続いている。

王太子は手の届かない相手。二度と味わうことのないキスを思い出す度に、胸の痛みは強くなる。目隠しされたときの手の温かさや、肩に乗った腕の重さも、そのうちゾーイを苦しめることになるだろう。

明け方、ゾーイは兄とともに、父より一足先に近郊にあるマーシャル伯爵家の屋敷に帰宅した。二人を家令が出迎える。

「お帰りなさいませ。ドミニク様、ゾーイ様。ゾーイ様、今日も奥様がお帰りを待ち侘びておられますよ」

ゾーイは呆れた笑みを浮かべた。

「お母様ったら……寝ていてくださればいいのに」

とはいえ、母がゾーイを心配する気持ちもわかっている。

着替えも後回しにして、ゾーイは急いで二階にある母の部屋へ向かう。

「お母様、ただいま。入るわよ」

それだけ言うと、自分で扉を開けて中に入る。

母はベッドに入っていた。目の色は黒曜石のように黒く、長年部屋から出られないでいるせいで多少やつれてはいるが、その面差しはゾーイとよく似ていた。枕を背もたれに身体を起こし、身体を冷やさないよう夜着の上からショールを羽織っている。母はほっとした笑みをゾーイに向けた。

「おかえりなさい。楽しかった？」

本当は「大丈夫だった？」と聞きたいのだろう。けれど、心配ばかりする母を逆にゾーイが心配していると気付いてからは、自身の心中を極力見せないようにしてくれている。その思いに応えるべく、ベッド脇の椅子に座ったゾーイは楽しげに話し始めた。

「舞踏会は代わり映えしなかったけれど、アンジェと会ったわ。里帰りしたときの話を聞いたの」

「まあ。アンジェさんは元気だった？」

母はアンジェと会ったことはない。けれどゾーイがたびたび話題にするので、母もまるで自分の知り合いのように彼女のことを話す。

ゾーイが親友についてすっかり話し終えると、母は感慨深げに溜息をついた。

「二日後にはもう結婚なのね。アンジェさんは今年社交界デビューしたばかりなのに、あっという間だったわ。ゾーイ、あなたは好い人とかいないの？」

この話題を振られると困ってしまう。

母もだけれど、父も兄も、ゾーイは好きな人と結婚すればいいと言っている。ゾーイは恋愛すること自体諦めているのに、家族は何故それができると思っているのか。

ゾーイは仕方なくお決まりの言葉を口にする。

「社交界には大勢独身男性がいるけれど、この人だって思う人には未だ出会えないのよね」

そのついでにぽろりと本音がこぼれる。

「誰か好い人を紹介してくれるといいんだけど」

いっそ父か兄が結婚相手を決めてくれればいいのに。二人ならゾーイが不幸せになるような男性を選ぶことはないだろうし、そういう相手なら一緒にいるうちに愛を育んでいけるかもしれない。ゾーイはそう考えているけれど、父も兄もあくまでゾーイ自身に探させるつもりのようで、一人も紹介してくれたことがない。

一生結婚できないかもしれない。そう思って内心溜息をついていると、母から思いがけない話が飛び出した。

「じゃあ王太子殿下はどうなの？」

「え――？」

母の口からその名を聞くとは思ってもみなかったので、ゾーイは言葉に詰まる。そんな様子が意外だったのか、母は困惑しながら言った。

「だってゾーイ。あなた殿下にすごく懐いていたじゃない。結婚の約束もしたんでしょう？　ある日ぱったり話を聞かなくなっちゃったから、不思議に思ってたけれど」

「えっ、でも、わたし……」

母に〝友達のアーニー〟が王太子であることは話していなかったはずだ。

動揺するゾーイに目を瞬かせたあと、母はうふふと笑った。

「そういえば、あの頃のゾーイはドミニクのお友達の〝アーニー〟が王太子殿下だって知らなかったのよね。礼儀知らずって呼ばれていたあなたのお父様も、さすがに頭を悩ませていたわ。殿下はゾーイに愛称で呼ばれることをお望みだけれど、本当にそれを許してしまっていいものかどうかって」

母がとっくに〝アーニー〟の正体を知っていたと知って、ゾーイは気が抜けてしまう。

王太子を含む王族は血統主義の頂点でもある。血統主義こそが母を追い詰め対人恐怖症にした元凶だから、アーニーが王太子だと話さずにいたのに。

ゾーイのそんな配慮も知らず、母はにこにことびっくりするようなことを言い出した。

「直接お会いしたことはないけれど、殿下はお手紙で嘆いておられたわよ。ゾーイに避けられて悲しいって」

「え⁉　お手紙？」

「ええ。殿下と文通させていただいているの」

ゾーイはがっくり項垂れた。いつの間にそんなことを始めていたのか。王太子という立場は多忙だとばかり思っていたのに、一貴族と文通するなんて、そんなに暇なのか。

「ゾーイが殿下を避けたがっているみたいだったから今まで黙っていたけれど。殿下は誠実な方だと思うわ。先月、アンジェさんの名誉を守るために、殿下とキスしたんですってね。婚約もまだなのに不埒《ふらち》な真似をして申し訳なかったってお便りをいただいたわ。責任は必ず取りますって！　近いうちに、正式にプロポーズしたいんですってよ！」

そう言って、母は若い娘のように「きゃー！」と黄色い悲鳴を上げる。ゾーイは舞踏会で疲れた心身にさらなる疲労を感じて、とうとう母のベッドに突っ伏した。そんなゾーイの頭を、母は優しく撫でる。

「殿下はとても良いお方よ。最初のお手紙のとき、無理して読まなくていいとドミニクに伝言を預けてくださったの。そのお心遣いが嬉しくて手紙を開いたらね、内容はゾーイ、あなたと仲良くする許可をわたしに求めるものだったわ。それからぽつぽつ手紙のやり取りをして。ごめんなさい、ゾーイ。わたし、殿下にお願いして、社交界でのあなたの様子を報せてもらっていたの。殿下はあなたが隠していることも教えてくださったわ」

ゾーイはぎくりとする。母が神経質なまでに心配性なのは王太子のせいなのか。

「あなたは周りからきつい言葉を投げかけられることもあるけれど、それでも堂々と渡り合っているって。ゾーイは他人の悪意に負けたりしない。何かあれば殿下も助けてくれる心づもりはあるけれど、ゾーイなら一人で切り抜けようとするだろうし、それが可能だろうって教えてくださったわ。──ねえゾーイ。どうして殿下を避けるようになったの？

……もしかして母様のせい？」

ゾーイはがばりと顔を上げた。

「──！　ううん！　そんなことないわ！」

「じゃあ何故？」

「……殿下って軽薄なんだもの。いつも悪戯して冗談ばっかりで。──信用できないわ」

「あら。殿下の手紙には、真剣に向き合えばあなたが逃げそうで怖い、だから何でも冗談にしてしまうって書いてあったわ。ねえ、殿下のこと、真剣に考えてみない？」

「〰〰〰！　お母様、話はそんなに簡単ではないんです」

「何が簡単ではないって？」

いつの間にか部屋に入ってきていた兄のドミニクが、ゾーイと母の会話に加わる。

母のわくわくした様子に危機感を抱いたゾーイは、慌てて話題を変えた。

「不思議に思ったの。王太子殿下は血統主義派で、我が家はある意味非血統主義派じゃない？　なのに何故、兄様は王太子殿下の腹心になれたのかしらって」

「簡単なことだよ。我が家は非血統主義派になったつもりはないけど、周りからはそう見られてる。殿下も血統主義派になったつもりはないけど、同じく周りからそう見られてるってだけさ」

「じゃあ、殿下はどういうお考えなの？」

「血統主義なんてくそくらえって思っているよ」

兄の口から下品な言葉が飛び出したので、ゾーイは驚いて目をぱちくりさせる。兄は「失敬」と言って咳払いすると、話を仕切り直した。

「血統主義は今の時代にはそぐわないとお考えだよ。帝国時代は、ベルクニーロの王侯貴族の血統がものを言った。けれど、今のベルクニーロは大陸にある幾つもの国のうちの一つだ。生き残っていくには、他国と手を取り合っていかなければならない。なのに血統主義なんてものを掲げて他国を見下せば――わかるだろう？　他国からすれば、そんな相手とどうして手を取り合えるだろうかってことになるわけだ。そもそも、血統主義派なら、殿下も留学などなさらなかっただろう」

確かに。

目から鱗の話に呆然としていると、兄は話を続ける。

「とはいえ、未だ血統主義を妄信している貴族は多い。国王陛下もそのことには憂慮なさっておられるけれど、思想というものは、変えろと命じられたところで変えられるものじゃないからね」

「こんな朝早くから、難しい話をしているんだな」

いつの間にか帰ってきていた父が、部屋に足を踏み入れながら話に加わる。

「あなた！」

母が嬉しそうに声を上げる。ゾーイも続けて声をかけた。

「お早いお帰りだったのですね」

「皆ぐずぐずせずに帰ってくれたからな。おまえたちを帰してさほど経たない頃に帰ってこられたよ」

父のおどけた言葉に、母の笑顔が曇る。

本当なら、今回の夜会にだって父の隣には母がいるはずだった。だが母は対人恐怖症になり、社交界に出られない。成人男性がパートナーなしに社交の場に出席することは恥とされている。妻が社交界に出られないときは、家族や親戚、知人にパートナーになってもらうのが通例だ。でも父は、必ず一人で出席する。自分の隣には母だけという意思表示だ。そうまでして自分の居場所を守ってくれている父に母は申し訳なさを抱き、父は母以外のパートナーを持たないことをかつて守り切れなかったことへの罪滅ぼしと思っている。

母の表情に気付いた父が、気にすることはないと言いたげな甘い笑みを浮かべ母に近付いてきた。夫婦の時間が始まると察したゾーイは、急いで椅子から立ち上がって出口へ向かう。そんな娘の行動について、父も母も尋ねたりしない。すでにお互いしか目に入っていないからだ。

ゾーイより先に出口まで来ていた兄は、ゾーイのために扉を開けてくれる。目配せし合ってそっと廊下へ出たとき、外では決して聞くことのない父の甘い声が聞こえてきた。

「今日も君がいない社交界を耐え切ってきたよ。ご褒美にキスをおくれ。君には、私のいない時間を我慢できたご褒美に、私からのキスをあげよう」

両親の仲が良いことはいいことだけど、それを見せられる娘は複雑な気分だ。

でも今日はそんな両親のことを羨ましく思う。

あれほどまで愛し合える夫婦に憧れる。ゾーイもあんなふうに互いを想い合える男性と結婚したいと思うが、その願いはきっと叶わない。

ちらりと振り返ると、閉じかけた扉の向こうに相手を抱き締めようと腕を伸ばす両親の姿が見えた。

二章

リンゴンと教会の鐘が鳴る。もうすぐ結婚式が始まるから参列者は中へという合図だ。

式前最後のリハーサルを終え、ゾーイとアンジェは控室に戻っていた。ゾーイは花嫁付添人だ。式では花嫁であるアンジェの前を歩く。

アンジェの養父母も、すでに席へ向かった。アンジェの支度を調えたメイドたちも、花嫁が心落ち着けて時を待てるよう、別室で控えている。ゾーイも席を外そうとしたけれど、アンジェに呼び止められた。

今、控室に二人きりだ。アンジェは花嫁らしからぬ心配顔でゾーイに問いかけた。

「ねえゾーイ。本当は殿下のことが好きなんじゃないの？」

「そんなことないわ。言ったじゃない、殿下とわたしとじゃ釣り合いが取れないって」

「こんなことを言うのは申し訳ないけど、釣り合いが取れないってまるでゾーイが自分自身にそう言い聞かせているように聞こえるわ」

ゾーイはぎくりとするものの、その話を断ち切るべく笑い飛ばした。

「何言っているの！　わたしがいつも殿下のことを迷惑がっているのを見ていないの？」

しかしアンジェはゾーイの気持ちを察してくれず、少し気まずそうに言った。

「わたし、気付いてしまったの。――ゾーイ、あなたさっきウェディングロードの途中で立ち止まったわよね？」

一瞬ぎくっとしたものの、それだけじゃ何もわからないわと気を取り直す。

「ちょっとぼんやりしちゃって、次に踏み出す足はどっちだったかわからなくなりかけたのよ。大丈夫。本番ではぼんやりなんてしないわ」

笑顔でそう答えたけれど、やはりアンジェは微笑みを返してはくれなかった。

「理由はそれじゃないでしょう？　後ろを歩いていたって、顔が見えなくったって、あなたがどこを見ていて何に動揺していたかはだいたいわかるのよ」

アンジェの真剣な表情に、否定は受け付けないという固い決意を見て、ゾーイは口を噤んだ。

動揺――そうかもしれない。

今日の結婚式では、花婿の付添人に王太子が立った。当然リハーサルに参加するのも彼だった。王太子が花婿付添人になるなんて、本来ありえないことだ。けれど、二大公爵家を除けばヘデン侯爵は国で一番位の高い貴族で、共に留学をした学友でもあることを理由に王太子が押し切った。

結婚式前に花婿と花嫁が顔を合わせるのは縁起が悪いという言い伝えに則って、リハーサルは二度行われた。一度目は花嫁側、二度目は花婿側、というように。それぞれの付添人は一方のリハーサルに出るだけで、もう一方には出ても出なくても構わなかった。

隙あらばゾーイに近付こうとする王太子のことだから、花嫁側のリハーサルにも参加するのではないかとゾーイは予想していた。けれど、そのとき何を見ることになるのかまでは想像していなかった。

できるだけ彼に目を向けまいとしながらも、祭壇までの残りの距離を窺おうと顔を上げたそのときのこと。

祭壇の隅にいる王太子を見てしまい、目が合った途端、ゾーイの頭から彼以外のものが一瞬にして消えた。

ここには王太子とゾーイの二人きり。王太子は壇上で花嫁を待つ花婿。ゾーイは壇上の花婿のもとへと向かう花嫁。ステンドグラスから差し込む光を背にした王太子が、逆光の中この上なく優しい笑みを浮かべる。ゾーイの胸には希望が満ち溢れ――。

その錯覚は、たった一言で砕け散った。

――花嫁付添人？

足を止めたゾーイを不審に思った司祭に声をかけられ、ゾーイははっと我に返り、再び足を進めた。そのあとは滞りなくリハーサルを続けられたけれど、心臓はばくばくと脈打ち、控室に戻ってきても先程の錯覚が頭にこびりついて離れずにいる。

アンジェは、気遣わしげにゾーイを見て話を続けた。

「あなたが王太子殿下を見た瞬間立ち止まったのはすぐにわかったの。殿下もゾーイしか見ていなくて、まるで二人だけの世界に入っているようだったわ」

ここまで言い当てられてしまったら、否定したところで無意味だ。

アンジェと親友になって初めて、ゾーイは彼女に苛立ちを感じていた。

「アンジェの言う通りだったとしてもどうにもならないわ。殿下とわたしとじゃ身分が違い過ぎる。わたしたちの間に立ちふさがるものは、乗り越えようとしたところで、乗り越えられるものじゃないのよ」

「そうかしら？　殿下は十代の頃から、誰も解決できなかった政治上の難問を次々解決してこられたそうだもの。ゾーイとの間に立ちふさがる障害も次々解決なさるんじゃないかしら？」

簡単なことのように言うアンジェにカチンときて、ゾーイは声を荒らげてしまった。

「そんな簡単なことではないのよ！　アンジェは昨日まですごく嫌っていた人を、今日になって好きになれって言われて好きになれる？　何か誤解があってその誤解が解けて和解したとかならともかく、ただ好きになれと言われたところで無理よね？　殿下とわたしが結婚するということは、その無理を社交界中の人たちに押し付けるってことなの。わたしはともかく、殿下には立場というものがあるのよ。わたしは！　わたしのせいで殿下が悪く言われるのは嫌なの。でもわたしと一緒にいたら殿下まで見下される。殿下の数々の功績だって不当に貶められる。わたしはそれが嫌なの！」

感情が抑えられなくて、ゾーイは両手で顔を覆った。涙が溢れて手のひらに溜まり、ぽたりぽたりと流れ落ちていく。

「……ごめんなさい。せっかくのおめでたい日に、こんな――」

「ううん。わたしこそごめんなさい。ゾーイの考えも知らないで。――でも式が終わったらすぐ新婚旅行に出るから、今しか時間がないの」

アンジェは小さく溜息をつくと、真剣な目でゾーイを見据えて言った。

「わたしはお義兄様から、他の女性とキスしてもいいのかって聞かれたわ」

そのお義兄様とこれから結婚するというのに、アンジェは何を言っているのだろう。アンジェの真剣さに気圧されて、言葉が出てこない。

アンジェはゾーイの二の腕を摑み、話を続ける。

「その女性に愛を囁いても、わたしは構わないのかって。お義兄様との愛に生きる決心がまだつかなかったとき、そう尋ねられたの。――ねえゾーイ。あなたは自分が殿下以外の男性のものになり、殿下があなた以外の女性のものになる、そんな未来を我慢できる？本当にそれで後悔しない？」

ゾーイは返事ができなかった。お直しのために入ってきた者たちに泣き顔を見られ、急いで化粧直しをしなければ間に合わないと、アンジェから引き離されてしまったから。

式の最中、返事をしなくて済んだことにほっとしていた。

答えられるわけがない。そんなこと考えたくない。

考えたところでただただ苦しいだけで、そこには救いも何もないのだから。

だからゾーイは、アンジェの問いかけも、式の最中に視界の端に入る王太子の姿も頭の中から締め出した。

お願い。どうかわたしをそっとしておいて……。

＊　＊　＊

クリストファーとアンジェの結婚式の翌日、王都にあるヘデン侯爵邸に、アーノルドはドミニクと二人だけで訪れていた。二人が通された応接室に、夜着にガウンをまとっただけのクリストファーが急ぎ入室する。人払いを命じられた家令が退室すると、早足で近付きながら話しかけてきた。

「早速仕掛けてきたのですね？」

クリストファーは無駄なことを言わない。なのでアーノルドも頷いただけで、二人に座るよう促す。クリストファーが向かいのソファに座ると、アーノルドの斜め後ろに立っていたドミニクも空いているソファに座った。そのタイミングで話を始める。

「伝書鳩が国境より届いた。――ハンセル商会を騙る荷馬車を検めたら、中から〝麻薬〟が出てきたと」

クリストファーは驚きに目を見開いた。

「殿下の読み通りですか」

「いや。〝麻薬〟が出てくるとはさすがに思わなかった」

〝敵〟が、王太子であるアーノルドと異国の血を引くマーシャル伯爵家の娘との結びつきを阻止しようと動くのであれば、マーシャル伯爵家に何らかの罪を着せようとするというのは、この場にいる三人ともが予測していた。

しかし、マーシャル伯爵家は敵視してくる貴族から汚名を着せられそうになったり暗殺者を送られたりといった過去の教訓から、自衛のためのあらゆる対策が講じていて隙がない。ならば狙われるのはハンセル商会だろうというのも、三人共通の考えだった。

だが、ハンセル商会の従業員に国境の門を見張らせるというのは、アーノルドの提案だ。マーシャル伯爵家を陥れられるほどの罪を作るのなら、国境で仕掛けてくるだろうと。

ハンセル商会の身分証を持つ馬車に、輸出入が禁止されている品を載せて国境を通ろうとすれば、荷検めで発覚する。その際、馬車の責任者を名乗る偽の従業員が行方をくらませば、あとに残るのは事情を知らない雇い人たちと〝ハンセル商会所有の荷馬車〟だけ。商会がいくら「ウチの荷馬車じゃない」と主張しても、身分証がある以上通用しないだろう。国家間の揉め事に発展しかねない罪を犯すところだったという責任は、ハンセル商会の会頭であるゾーイの父マーシャル伯爵が負わなければならなくなるという寸法だ。

失脚を狙うのであれば、没収で済む程度の品は使わないとは思っていた。だが、大陸中央の国々で大問題となりつつある〝麻薬〟を載せてくるとは。

便宜上麻薬と呼ばれているそれは、麻薬とは似て非なるものだった。

服用時の精神の高揚や、効果が切れた際の禁断症状などは麻薬とほとんど変わらないが、中毒性の高さと、何より原材料がまったく違っていた。加工され、粉末になっているためわかりづらいが、麻薬に分類される植物の種や葉とは明らかに色が異なる。

しかも摘発された売人たちから得られた僅かな情報によると、それは二種類に分けられた形で指定の場所に預けられているのだという。その二種類はどちらもそのままでは無害で、金と引き換えに渡されるメモに書かれた配合比で混ぜると〝麻薬〟としての効力を発揮するようになるらしい。

配合前の状態では薬屋で売られている薬と大して変わらず、薬とメモは別々の場所で受け渡しされる。メモと金の受け渡し現場に踏み込んだところでメモは麻薬取引の証拠にならない代物だ。捕まえられるのは〝麻薬〟の消費者か、良くて〝麻薬〟を調合し所持していた連中まで。各国は、二種類の粉末の製造元はおろか、粉末を取引する〝商人〟の尻尾さえ摑めないでいると聞く。

また、〝麻薬〟のせいで各国の犯罪は急増していた。麻薬欲しさに窃盗や殺人を犯す者や、禁断症状によって物を壊したり周囲の人間に暴力を振るったりする者など。それだけでも喫緊の事案だというのに、最近になって行方不明者が多数いることも明らかになった。しかもその多くが、いなくなる前に麻薬を服用していると思しき言動を始めていたという。犯罪の急増もだが、税を納めて国を支える民の激減も国を揺るがす一大事。

その〝麻薬〟が、大量にベルクニーロから輸出されるところであったと他国に知られれば、ベルクニーロはその責任を各国から追及されることとなる。

だというのに、アーノルドは込み上げてくる笑いに肩を揺らした。

「こうも易々と引っかかるとはな。おかげで奴らに遠慮なく鉄槌を下せる」

馬車の責任者が持っていたのは、本物のハンセル商会の身分証。簡単に手に入れられるものではないことから、この犯罪を企てた人物はかなり身分の高い貴族であるとわかる。

ベルクニーロにおいて、身分の高い貴族はほぼ間違いなく血統主義派。

「奴は自ら、血統主義が国にとって害悪であることを証明してくれた。血統主義派の排除に二の足を踏んでいた国王陛下も、この度のことを知れば決断せざるを得ないだろう」

その決断を皮切りに、ようやく奴らに報復することができる。

それは八年越しの悲願。

愛しい娘を苦しめ〝操った〟者たちの心胆を寒からしめてやる。


始まりは留学先から帰国して間もなく、ちょっとした興味を抱いたことからだった。

ドミニクが溺愛する妹がどんな子なのか見てやろうという魂胆で、マーシャル伯爵邸に押しかけた。ドミニクは、アーノルドの熱意に根負けしてゾーイに会わせてくれた。

けれど小っちゃなゾーイは、兄の足に隠れてほんの少し顔を覗かせるだけ。挨拶を返さないばかりか、アーノルドが近付くとぴゅーっと逃げてしまう始末。

――あまり人と会わないで育ってきたので、人見知りになってしまったようです。

申し訳なさそうに言いながらも、ドミニクの顔を優越感じみたものが過ったことが癇に障った。が、怖がらせたいわけじゃない。だからこれでおしまいにしようと考えた。

――噂の妹を見られたことだし……。

言葉が途切れたのは、名残惜しく思って彼女が消えた廊下の隅にちらりと目を向けたとき、そこに流れるような黒髪と大きな水色の瞳を見たからだった。

怖い。でも気になる。

そんな声が聞こえてくるようで、アーノルドは思わず噴き出してしまう。少しばかり滞在時間を延ばしたけれど、その日はもうゾーイの姿を見かけることはなかった。

次にマーシャル伯爵邸を訪れたのはそれから二日後のことだった。

アーノルドが手にしたものを見て、ドミニクが半目になって言う。

――殿下。何を持ってこられたんですか。

――何って、猫じゃらし？

――それでウチの妹をじゃらそうとしないでくださいよ？

――いや、あの子、猫みたいじゃない？

――殿下には猫みたいに見えるかもしれませんが、妹はれっきとした人間です。

前回のようにこっそりこちらを見ていたゾーイに猫じゃらしを振ってみせると、その日はすぐにいなくなってしまい二度と顔を出さなかった。

その三日後、今度はお菓子を持っていった。

――こっちへおいで。美味しいお菓子をあげるよ。

前回、前々回以上に長い時間アーノルドを見ていたけれど、近くまで来てくれることはなかった。お菓子を置いて帰った翌日、家族が手渡したら食べたとドミニクから聞かされた。

その後も、アーノルドはゾーイに会うべくマーシャル伯爵邸を何度も訪れた。

あの子を膝に乗せて愛でたい。

その一心で、ゾーイに懐いてもらうべく通い詰めた。もちろん、王太子という立場上、頻繁に一貴族の屋敷に通うことは許されない。だから、侍従や護衛の目を盗んでこっそり王宮を抜け出した。留学先での経験がここで生きた。

学園国家テンブルス共和国にいる間、アーノルドは幾度も暗殺者に襲われた。その際に返り討ちにすべく、暗殺者に気配を悟られず行動する術《すべ》を身につけていた。その術が、王宮を抜け出す際に役に立った。

ともかく、ゾーイのもとを訪れる度に、アーノルドは様々な贈り物をした。花やお菓子、女の子が好きそうな小物など。

訪問回数が十回を超えても、物陰から顔を覗かせる以上には近付いてくれなかったため、贈り物を見せたときの反応からゾーイの好みを探っていくことにした。

お菓子や花よりも、可愛いもののほうが好きなようだ。レースやフリルのついた衣装小物より、人形のほうが良いらしい。陶器でできた動物の置物は、壊すのが怖いようで触れないが、飽きずに眺めているとドミニクから聞いた。

そこでアーノルドは、ぬいぐるみを手に入れた。光沢のある黄色い布で縫製され、アクアマリンの宝石を目に見立てた猫のぬいぐるみ。その前足を持って腹話術をしてみせれば、面白がり屋なゾーイは声を立てず、しかしお腹を抱えて笑い出した。

その隙に、アーノルドはゾーイに気づかれないよう距離を詰めることに成功した。しかし、それでも彼女に触れなかった。捕まえたい衝動をこらえてその場にしゃがみ、ゾーイと視線を合わせる。

――僕は猫のアーノルド。アーニーって呼んでくれたら嬉しいな。

捕まえられるのに捕まえなかった。それが彼女の信頼獲得に繋がったらしい。ぬいぐるみを差し出すと、ゾーイはおずおずと受け取った。それがゾーイと出会って三か月後、二十回以上の訪問を重ねたあとのことだった。

とはいえ、すぐに打ち解けたわけではなかった。最初のうちはアーノルドの訪問をあまり歓迎していない様子だった。不貞腐れたような顔をしてアーノルドを出迎え、帰ると言えばぷいと部屋から出ていってしまう。遊んでいる時間が長くなると楽しそうな顔も見せるのに。それが気まぐれな猫みたいで可愛いとさえ思っていた頃もあった。

それが間違いだったと気付いたのは、部屋を出ていってしまったゾーイを追いかけたときのことだった。廊下の置物の陰に蹲っていたゾーイは、目に涙を溜めていた。その涙の理由を尋ねると、思わぬ言葉が返ってきた。

――お母様に悪いもの。

よくよく聞けば、病気のせいで部屋から出られず家族と僅かな使用人としか会えない母親のために、あえて他人と仲良くならないようにしているのだという。

ゾーイは人見知りではなかった。

――他のみんなは忙しいし、わたしまでお友達のところへ行ってしまったら、お母様淋しくなっちゃうでしょ?

それを聞いたときの自分がどんな顔をしていたか、アーノルドにはわからない。

これまでの人生、何事に対してもあまり感じるものがなかった。やれば何でもできてしまうのがいけなかったのだろう。留学先で襲ってきた刺客たちもまるで手応えがなく、留学したのは外交カードになる情報を集めるためだったのに、それもすぐに揃ってしまった。同行した側近二人が有能すぎたせいもあるが。

アーノルドの心を占めるのはいつも虚しさ。

虚しさを埋められる何かを、半ば諦めの境地で探し続けていた。

そんなアーノルドが、ゾーイのいじらしさに心打たれ、痛みを覚えた胸元をいつの間にか握り締めていた。

ちょっとした好奇心で会ってみたいと思っただけで、気付けば半年もの間彼女のもとに通い続けていた。こんなにも長く一つのことを続けたのも初めてならば、費やした月日に驚いたのも初めてだった。しかも、飽きるどころかもっと長くゾーイと付き合っていきたいとまで思っていた。

だから、ゾーイには「お母さんを仲間外れにするのが嫌なら、僕とどんな遊びをしているかお母さんに話してあげたらどうかな？　ゾーイがどんなに楽しかったか伝えられたら、お母さんもきっと楽しいと思うんだ」とアドバイスし、ゾーイの母親には手紙を書いた。ゾーイが母親に外での話をするのを遠慮していることを伝え、良ければ今後手紙でゾーイのことを語り合いませんか、と。

アーノルドの作戦が成功すると、ゾーイは一気に打ち解けた。

——アーニーのことを話したら、お母様が嬉しそうに聞いてくださったの。

そう話すゾーイこそ嬉しそうで、その弾けんばかりの笑顔が眩しくて、目を細めて話を聞いたのを覚えている。

それからというもの、ゾーイはアーノルドを歓迎してくれるようになった。訪問すれば当たり前のように近付いてきて「遊ぼう」と誘う。お絵描きやおままごと、かけっこやかくれんぼなど、ゾーイを喜ばせたくて何でも付き合った。どんな遊びも、ゾーイとなら楽しかった。

膝に乗せて愛でる望みも叶った。そうしたいと思った当初のわくわく感とは違う、優しくて温かな気持ちで胸がいっぱいになった。基本他人のことを役に立つか立たないかでしか考えなかったアーノルドにとって、これは初めての感情だった。

流れるような黒髪を飽きることなく撫でた。ゾーイは不思議そうにしていたが、アーノルドが嬉しそうにしていたせいかそのうちはにかんで身体を預けてきた。大して負担にならないその重みを、アーノルドは時間が許す限り愛おしんだ。

ゾーイとともに過ごしたいという気持ちは日に日に膨らんでいった。そのうち、昼間公務の合間に訪問するだけでは飽き足らなくなった。それで夜中、夜陰に紛れてゾーイの寝室を訪れるようにもなった。

それでも物足りず悶々としていたある日、気付いてしまった。

——アーニー、だーいすき！

——じゃあ結婚するか。

——けっこんって何？

——おまえの両親のように、一生一緒にいると約束することだ。

——ずっと一緒にいられるの？　じゃあけっこんする！

物足りなさを感じているのはゾーイも同じだったらしい。ゾーイは孤独、アーノルドは虚しさ。別々の理由で互いを必要とし、一緒にいれば満たされる。

このときはまだ、結婚をゾーイと一緒にいるための手段としか考えていなかった。

その考えが変化していったのはずっとあとのこと。

ゾーイと約束を交わしたその日から、アーノルドは約束を果たすべく動き出した。

最も障害となるのが血統主義派だ。彼らを黙らせるために、少しでも彼らが持つ権力を削いでおかなければならない。

アーノルドはそれまで適当にこなしていた国政の課題に、真剣に取り組むようになった。国王や国の重鎮たちが雁首揃えて協議しても解決できなかった問題を、アーノルドは積極的に引き受け簡単に解決していく。だが、どこから広まったものか頻繁にゾーイと会っていることに不満が集まり、評価はなかなか上がらなかった。が、功績が積み上がれば誰もが評価せざるを得なくなるとわかっていたから、着実に務めを果たしていった。

一方で、ゾーイには教育を施すことになったと、ドミニクから伝え聞いた。淑女に必要な礼儀やマナーだけでなく、歴史や他国のことなど、誰に嫁ぐことになっても困ることのない高度な教育を。

二人きりで話ができる機会に、マーシャル伯爵から言われた。

——娘に苦労をさせるつもりなどなかったのです。ですが、娘が結婚したいお方がいると言うからには、それが少しでも実現に近付くよう、力添えをするのみです。

苦しげにそう語ったマーシャル伯爵の姿に、娘を持った父親の葛藤を見てしまった。

が、葛藤があったのはアーノルドも同じだった。

教育の一環として、ゾーイの人付き合いの練習も始まった。逢瀬を重ねるごとに、友人の話題が増えていく。ゾーイには自分だけがいればいいと思うも、

——アーニーと結婚したかったら、いろんな人とお付き合いできるようにならなければいけないのですって。だから、わたし頑張るね！

と、満面の笑みで言われてしまえば、嫉妬は温かなパンの上で蕩けるバターのように、心のどこかに染み込んで消えていく。

そんな他愛のない日々が一年ほど続いた。

あれは九年ほど前のことだった。ある国との国境線を巡る諍いで死人が出て、それをきっかけに両国は緊張状態に入った。加えて、軍の指揮権を握っているボース公爵が、自身の判断のみで大隊をその国境へと差し向けてしまう。軍が迫ってくる以上相手国も軍を出して迎え撃たざるを得なくなる。戦争が始まってしまえば、決着はそう簡単にはつかない。国の威信を懸けざるを得ず、どちらも引くに引けなくなり、双方に甚大な被害をもたらす。

アーノルドは国の支配者側に立つ人間として功績をまた一つ挙げるため、何より愛するゾーイの住まう国を守るため、戦争回避に奔走した。

国王に勅命を出してもらい進軍を止め、相手国の話のわかりそうな要人と交渉。今回の紛争を調停するための会談を開くまでに、アーノルド自身も何度となく両国を行き来した。その間ゾーイに会いに行くことはできず、代わりに手紙を書きプレゼントを手配するのみ。それも移動が多かったため、ゾーイからの返事と行き違うこともあった。

だから、ゾーイに起こった変化に気付けなかった。

何のために奔走していたのか。ゾーイのためだろう？　ゾーイと共に幸せな未来を歩むためだろう？　なのに肝心のゾーイを守れなかったなんて、本末転倒もいいところだ。

一年後、ゾーイはアーノルドに対してすっかり心を閉ざしてしまっていた。

訪問しても不在を告げられ、手紙とプレゼントを送っても戻ってくる。手紙に至っては封さえ切られていない。アーノルドの私室の片隅には、受け取ってもらえなかったプレゼントと手紙が積み上げられていった。

どうしてどうしてどうして。

納得できなくて、夜中ゾーイの寝室の窓を叩いた。

——開けておくれよ。会いたいよ。

窓の向こうに語りかけても何も返ってこないことに、涙が出そうになった。

何度通っても窓が開けられることはなく、そのうちドミニクから夜中の訪問をやめてくれと頼まれるに至って、ようやく何かがおかしいと気付いた。

ドミニクやマーシャル伯爵を問い詰め、ゾーイが社交術を身につけるために頻繁に出掛けるようになったことと、出掛けた先で大人たちからも中傷や嘲笑を受けていたことを聞き出した。

ドミニクはアーノルドに与えられた任務で忙しかったから、屋敷にはほとんど帰ることができなかった。マーシャル伯爵やゾーイの外出に付き添う使用人たちは、堂々と立ち向かう彼女の様子が立派だったから、あえて介入せず成長を見守ったという。

何故庇ってやらなかったんだ。自分の容姿を貶されて、自身の血を卑しめられて平気なはずがないじゃないか。どんなに様子が立派でも、本人が大丈夫と言ったとしても、傷付かないわけがない。

マーシャル伯爵家の者たちがゾーイの異変に気付いたのは、アーノルドが訪問を再開したのに、口実を作って断るようになってからのことだったそうだ。

断る理由をしつこく尋ねた使用人が、ようやく一度だけ聞き出したのだという。

――卑しい血が流れる醜いわたしがお側にいたら、殿下にご迷惑をかけてしまうもの。

ゾーイがそう言ったと聞いて、身体中の血が煮えたぎるような怒りを覚えた。

誰がゾーイにそんなことを吹き込んだ!?

出会った頃のゾーイは、自身がベルクニーロの貴族社会に受け入れられ難い存在であることを知らず、ひとの悪意も知らない無垢な少女だった。それが、血統主義に凝り固まった貴族たちに傷付けられたせいで、彼女自身も彼女を傷付けた者どもと同じ考えに染まってしまった。

絶対に許さない。

ゾーイを傷付けた連中も、ゾーイがそうされて然るべきと考える根拠となった血統主義も。

今までは単なる障害としか思ってなかった血統主義派たちを、敵と認識した瞬間だった。

アーノルドは、血統主義を叩き潰しゾーイを傷付けた連中に報復する計画を立てつつ、彼女に再び自分を受け入れてもらうために努力した。ゾーイをできる限り傷付けないようにしながらも、アーノルドのことを忘れさせまいと、定期的に手紙を書きドミニクに託した。読んでもらえれば何よりだったけれど、手紙は相変わらず封も切られずに返された。それでも構わなかった。ゾーイの手元に手紙が届く度に、アーノルドがゾーイを忘れていないことは伝わっているはずだから。

それでも会えずにいることに耐えられなくて、一度ドミニクからゾーイの予定を聞き出し、彼女が招かれている場に潜入したことがある。ゾーイが十五歳のときだった。ガーデンパーティーのさなか、ゾーイはひと気のない庭の隅で、複数の娘に囲まれて侮辱の言葉を浴びせられていた。

かろうじて見えた彼女の横顔は、まだ幼さは残るものの記憶にあるそれよりずいぶん大人びていた。それどころか人の上に立つ者の凛とした風格がすでに宿っている。

目にした瞬間、アーノルドは全身に大きな衝撃を受けた。

ゾーイは私の伴侶となるべく生まれてきた。私の唯一無二の花嫁だ。

令嬢たちに突き飛ばされもしていたけれど、アーノルドは助けに出ていかなかった。

ゾーイは堂々と顔を上げ、年上の者もまじる集団に屈することなく渡り合っていたから。

それを見て理解した。ゾーイは助けられることを望んでいない。助けられることこそ、彼女にとって侮辱になる。マーシャル伯爵家の者たちが手を差し伸べず見守っていた理由を知った気がした。

会いたいと切望していたはずなのに、アーノルドは密かな訪問を早々に切り上げた。すぐさまゾーイの目の前に飛び出したい衝動をねじ伏せるために。

まだ時期じゃない。ゾーイを迎え入れる準備が調っていないし、何より彼女は成人前だ。事を急いてはマーシャル伯爵家が黙っていないだろうし、ゾーイにも本気で嫌われる。

王宮に戻ると、アーノルドはそれまで以上に活動した。王太子としての務めを果たし、功績を重ね、その裏で着々と血統主義者たちを叩きのめすための準備を進めていった。

そうして迎えた、ゾーイの社交界デビュー。

最後に会ったのは彼女が九歳のときで、デビューの年は十七歳だったから、顔を合わせるという意味では実に八年ぶりの再会だった。ゾーイの容姿からは幼さが消え、眩いばかりに美しくなった。このときになってようやく、アーノルドは己に自覚を許した。

ゾーイを愛している。

キスしたい抱き締めたい全身に触れたいゾーイのすべてを知り尽くしたい——そして、一つになりたい。

制御が難しい激情が自分の中に存在していたことを初めて知った。もう少し蓋をしておくべきだった。一度解放してしまった想いはなかったことになどできない。

感情の激流を必死に押し隠し、昔と変わらぬ気安さで話しかけた。ゾーイは礼儀正しく挨拶して離れていこうとしたけれど、それでもしつこく付きまとうと、素の彼女が垣間見えた。

怒ったときのふくれっ面。大人になって会話も上手になったのか、ちょっとした嫌味まで返してくる。アーノルドがゾーイの意に染まないことをしているからだが、彼女と距離を置くよりよっぽどいい。

ゾーイを見ていたくて、できるだけたくさん話したくて。

アーノルドはゾーイが出席する催しにできるだけ入り込んで、彼女を捜し出しては少しでも気を引こうとあの手この手と策を繰り出した。嫌がられたり鬱陶しがられたりするのが常だが、目的は他にもある。ゾーイの周囲から結婚や色恋目的の男を排除することだ。頑ななゾーイにどうやってプロポーズしたものかと手をこまねいている間に、他の男に取られたら元も子もない。まともな男であれば、王太子がそこまで気に入っている女性に言い寄ったりしないだろう。まともでない男であればゾーイのほうが寄せ付けない。

ゾーイの気を引こうと奮闘するアーノルドに、血統主義派を名乗る貴族たちは眉をひそめ、高位の貴族の中には苦言を呈する者も現れた。

実はそれも狙いだった。アーノルドがゾーイと仲良くしていれば、血統主義派の連中は苛立ち、次期国王は血統主義派をないがしろにして非血統主義派を優遇するのではないかと不安を覚える。危機感を煽ってやれば、いずれ焦りが高じて何らかの行動に出る。それが犯罪に発展すれば御の字だ。血統主義派を叩き潰す大義名分になる。

奴らを叩き潰せば、派閥に属しておらずとも血統主義思想を抱いていた貴族たちもさぞや肝を冷やすことだろう。そして一連の流れを見ていれば自ずとわかるはずだ。ゾーイに仇なす者に、アーノルドは容赦しないと。

ゾーイの社交界一年目は、血統主義派たちを不快にさせるだけで終わった。ゾーイにも非難の声が向けられ不快な思いをさせてしまっただろうが、ゾーイには取り巻きという守りがある。彼女自身が努力して築き上げてきた人脈だ。悪意に負けじと立ち向かう姿に弱小貴族の娘たちは憧れていると聞く。親の出世や援助金増額を願って擦り寄ってくる娘ばかりではないことに、ゾーイが気付いているかは知らないが。

男どももそうだ。ゾーイの愛らしさ、美しさを妬んだ者たちによってばら撒かれた〝醜い〟という評判は、ゾーイがあちこちの催しに出席していくうちに聞かれなくなった。艶やかな黒髪と異国情緒ある顔立ちに見惚れる男がどれだけいることか。不本意ではあるが、そうした連中も少しはゾーイへの風当たりを和らげる役割を果たしている。

オフシーズンを経て始まった、ゾーイの社交界二年目。このシーズンこそ、奴らを断罪する計画だった。

ところが、ここにきて計画が狂い始めた。原因はゾーイだ。

彼女の頑なな自己暗示は一シーズンかけても解ける気配がなく、オフシーズン中会えなかったのもいけなかったのか、翌シーズン開始後の再会では、前シーズンより頑なになっていた。こんな調子じゃ〝頼み事〟さえできない。国の発展を妨げる血統主義派に打撃を与えたい、婚約者のふりをして一緒に離宮で過ごしてくれないか、と。

一番いいのは、本物の婚約者になり離宮の滞在も快諾してくれることだった。

だが、ゾーイのアーノルドへの拒絶ぶりからして、「わたしではなく、非血統主義派のご令嬢の中から選べばいいじゃありませんか。何ならわたしが選んで差し上げましょうか？」などと言い出しかねない。それはマズい。一度そうやって突っぱねたら、ゾーイはそのあともっと距離を取るだろう。それはマズい。ゾーイとアーノルドの親密そうな様子を見せつけることで、血統主義派たちをより焦らせなければいけないのだから。

――などと考えながら、本当はゾーイの拒絶を恐れていた。これ以上避けられたら、胸が張り裂けて死んでしまいそうだ。今となっては、会えなかった八年間、どうやって耐えてこられたのかわからない。

ゾーイゾーイゾーイ。

最早君なしには生きられない。

狂い始めていた計画は、あることをきっかけに、一気に修正された。ゾーイと二人で〝協力〟してクリストファーの奥方となる予定の女性を醜聞から守ったあの出来事だ。

奥方が男と密会していたという醜聞が流れれば、クリストファーは社交界を賑わすであろうその醜聞を煩わしく思ってベルクニーロを捨てるかもしれない。そうなるとアーノルドの計画が崩れるので困る。

それに、アーノルドにとってこれは好機でもあった。ゾーイが拒みづらい状況で、彼女にキスできるのだから。

キスしているところを目撃されれば、ゾーイとアーノルドの関係はかなり進んでいるという噂が一気に広まるだろう。

そんな打算で、親友のためにどうすればいいかと焦るゾーイを捕まえて、唇を重ねた。

その途端、計画とか取引とかといった雑念が一気に消えた。

夢にまで見た、ゾーイとの口付け。

あまりにも甘美なそれに、アーノルドは我を忘れた。

近くの扉が開き、そして閉まった音で我に返っても、ゾーイが呆然としているのをいいことにキスを続けた。

残念ながら、クリストファーたちが二階から下りてこようとする気配がしてやめざるを得なくなったが、キスをする機会はこれからいくらでもある。

ゾーイがアーノルドの妃になるのは、最早決定事項なのだから。

アーノルドは好戦的な笑みを浮かべて、クリストファーとドミニクに目を向けた。

「荷馬車の〝責任者〟は確保してあるとのことだな？」

その問いに、ドミニクは表情を引き締めて答えた。

「はい。国境の留置所に入れたとの連絡を受けています。折り返し、洗いざらい吐かせるよう伝書鳩を送ったところです」

「その者の証言が利用できるとは限らないが、思わぬ収穫が得られるかもしれないしな。

──さて。改めて現状を確認しよう」

アーノルドはまずクリストファーに目を向ける。

「クリストファー。そなたらの替え玉は、昨日問題なく新婚旅行に旅立っていったな？」

「はい、今のところ私が王都に留まっていることに気付かれていません。手の者たちも順調に計画を進めています」

「重畳《ちょうじょう》。もう一つの計画が調うまでに仕込みを終わらせておくように」

「御意」

クリストファーは、着席したまま恭しく答える。それに頷き返してから、アーノルドはドミニクに目を向けた。

「ドミニク。おまえが王都を離れる口実は決まりだな。ハンセル商会を騙る荷馬車が国境を通ろうとした事件を究明すべく、会頭代理として現場に急行。現場に到着したら、適当

に忙しいふりをして待機。――これでおまえたちが同時に王都を不在にしても、何ら不自然でなくなる」

アーノルドが二人を見てにやりと笑うと、二人からも同じような笑みが返ってくる。

アーノルドの評価を不当に貶める血統主義派の者たちの言い分はこうだ。

アーノルドが挙げた功績は、侯爵家の権力を持つクリストファーと、ハンセル商会という無限の財力を持つドミニクによるものであって、アーノルド自身の実力ではない、と。

奴らはわかっていない。クリストファーが権力を振るおうとも、ドミニクが無限の資金を提供しようと、問題を解決に導く知恵と指導力がなければ功績は挙げられないことを。

二人が不在と知れば、奴らは今こそチャンスと考え、何かしら仕掛けてくるはず。

「では、私は引き続きゾーイとの結婚の噂を煽って、奴らの動揺を誘い続けよう。それがすべてに片を付ける一番の近道になるはずだ」

「とか何とか仰って、殿下にとっては役得ではないのですか？」

恨めしげに言うドミニクに、アーノルドは溜息をつく。

「何が役得なものか。婚約の噂がどうのなどとまだるっこしいことをしていないで、いっそ結婚したい」

「妹の意思を無視して進めようものなら、父と一緒にハンセル一族総力を挙げて敵に回るからな」

ドミニクから、気の置けない友人ならではの口調が飛び出す。普段から許可しているのだが、こういうときにしか出してこない。だからアーノルドもここぞとばかりに軽口になる。

「わかってるよ」

「わかってる奴の目じゃない！」

ぎらつく目をしたアーノルドに、ドミニクはすかさず突っ込みを入れた。

三章

ゾーイは、不本意ながらもとある夜会に足を運んでいた。

「お兄様。どうして夜会に書類が必要なのですか？　普通要らないでしょう？」

ゾーイから書類の束を受け取ったドミニクが、情けない顔をして言った。

「だって、殿下が『〝忘れ物〟をしてゾーイに届けてもらうのと、家に帰れなくて着替えをゾーイに届けてもらうのとどっちがいい？』って言うんだ。一か月も家に帰れてないのに、明日からまた王都を出なくちゃならないんだ。家に一泊もできないなんて嫌だよ！」

泣きついてくる兄を抱き留めて、ゾーイは王太子を睨み付けた。

「殿下の命令で王都を離れていた兄に、よくもそんな仕打ちができますね」

「仕方ないじゃないか。こうでもしなきゃゾーイに会えないんだから」

ここ一月ばかり兄が王都を不在にする間、ますます王太子が過剰なスキンシップを図るようになり、それを避けるために最近は女性しか出席できない昼間の催しにのみ出席していた。

　けれど今夜、兄からどうしても必要な書類を忘れたから届けてほしいと屋敷に連絡が入った。会場内に届けなければならないとなると使用人では無理で、仕方なくゾーイが持ってきたというわけだ。主催者は招待を辞退したゾーイも快く迎え入れてくれたが、長居するつもりはない。

「ゾーイ、ありがとう！　それじゃあ僕は行くよ。――一度殿下ときちんと話し合ったほうがいいんじゃないか？」

　王太子のほうへ身体を押され、ゾーイはよろける。

「ちょ……！　お兄様！」

　倒れかけたゾーイを、王太子が抱き留める。

「……支えてくださってありがとうございました。それでは失礼いたします」

「待って。少し話をしよう」

　王太子にこう言われて、断れる貴族なんていない。ゾーイは不本意ながらも、王太子にエスコートされて庭に出た。

　郊外にあるこの屋敷は庭が広く、大広間が十は入りそうな敷地に背丈の低い花々が花畑のように敷き詰められている。今は色とりどりの花を堪能することはできないが、煌々と輝く月の明かりに照らされて幻想的だった。

だというのに、ゾーイはこの景色を見ながら、別のことに思いを馳せる。

ここなら遠くからも見えて、二人きりとは言い難いわね。殿下も案外常識的だわ。

何だかがっかりした自分に気付いて内心慌てる。ここはほっとすべきところだというのに、何を考えているのか。

頭から余計な考えを追い払おうとしていると、いつもは揺るぎない力強い話し方をする王太子が、やけに弱々しい声で話しかけてきた。

「私のことを避けているよね。……何故？」

ゾーイは言葉に詰まった。そんなの答えられない。「わたしはあなたに相応しくないから」なんて言えば、追及されるに決まっている。

追及されたら言うの？「わたしは卑しい血だから」って？〝アーニー〟は「気にしない」って言うに決まってる。でもわたしは気になるの。わたしのせいで彼が悪く言われたらすごく気に病むわ。だって彼は、わたしに新しい世界を見せてくれた恩人だもの。

〝アーニー〟には立派な国王になってほしい。その障害になるゾーイが側にいたって、何もいいことなんてない。

「九年前からだったよね……私のことを避けるようになったのは。理由をちゃんと聞いておきたかったんだ」

何て答えたらいい？　どう言ったら諦めてくれる？

「――殿下のほうこそ、どうしてこんなにもわたしのことを構うのですか？　わたしが避けているのに気付いておられたのでしたら、もう関わるのをおやめになればよろしかったじゃないですか。お忙しいでしょうから、薄情なわたしのことはお忘れになって」

完璧な淑女の微笑みを作って、どこか頼りなげな表情をする王太子を見つめる。

彼の顔を見ていられない。自分の表情を彼に見せたくない。けれど、目を逸らしたり顔を隠したりすれば、彼はたちまちゾーイが隠しているものを暴いてしまうだろう。

本当は暴いてほしい。わたしのことをわかってほしい。

でも嫌なの。あなたの輝かしい将来の、足を引っ張る存在になりたくない。

「気にすることなんてないよ。だってほら、私はドミニクを側に置いているだろう？　黒髪がどうとか異国の血がどうとか、そういうのは今更なんだよ」

「……兄とわたしとでは違いますわ。兄は殿下のご学友を務め、留学に同行させていただき、帰国後は次々務めを果たされる殿下の補佐を務め上げております。ですが、わたしはその身内に過ぎません。兄が有能であろうが、父が大臣位を賜っていようが、わたし自身は何の取柄も特技も持たない、国に何ら貢献することのないただの娘です。殿下のお側にいるなんて相応しくないと思うのです」

いきなり二の腕を強く摑まれ、王太子の顔が間近に迫る。

「相応しいかどうかなんてどうでもいい！　私は……！」

感情が高ぶり過ぎているのか、彼は途中で言葉を詰まらせる。

何を言おうとしたの？　聞きたい。でも聞いてはいけない。

ゾーイは未練を断ち切るように、言い直そうとする彼の言葉を遮る。

「おわかりいただけないようですのではっきり申し上げますと――迷惑なんです。社交界の殿方は、殿下に遠慮してあまりわたしに話しかけてくださいません。これでは意中のお方とお話ししたくてもままなりませんわ」

王太子の目が、大きく見開かれた。

「意中の、方……？」

「あら。わたしだって年頃ですもの。恋くらいします」

「恋……」

呆然とする王太子を見てつきんと胸を痛めながら、ゾーイは最後まで演じ切る。

「殿下。昔可愛がってくださったわたしの幸せを願って、どうか距離を置いてくださいませんか？　――あまり二人きりでいるとまたあらぬ噂が立ちますので、これで失礼させていただきます」

ゾーイはスカートを摘まみお辞儀をして、すぐさま踵を返す。王太子が追いかけてくる気配はない。

これでいいのよ。ゾーイは自分に言い聞かせる。

ベルクニーロの貴族の基準では醜いとさえ言えるゾーイの容姿。そんなゾーイと結婚したいというのなら、それは同情からくるものに違いない。ゾーイがベルクニーロで結婚相手を見つけるのは難しかろうと。そんな気持ちで求婚されたところで惨めになるだけだ。

ゾーイは涙をこらえて庭園を出て、屋敷内へ続く廊下に入る。そこを通って正面玄関を出れば帰宅できる。すぐ帰るつもりで、玄関前に馬車を待たせてあった。

宴もたけなわなこの時刻、廊下には誰もいないことを期待していたのに、廊下に入ってすぐに、よりにもよって会いたくない人物と遭遇してしまう。

ダークブロンドの髭を蓄えた厳つい男性は、ボース公爵オグデ・ノンウォード。血統主義派の筆頭と言われている人物だった。国軍の元帥も務める彼は、当然のごとく非血統主義派を敵視していて、ゾーイが社交界デビューした当時から、人前だろうがマナーに厳しい社交場だろうが構わず、ゾーイは王太子に相応しくないと蔑み続けている。二人しかいない今、何を言われることやら。

廊下の端に佇んで移動しそうにないので、ゾーイは仕方なくそのまま進み、ボース公爵まであと数歩というところで立ち止まって挨拶をする。

「ボース公爵、ごきげんよう。月明かりの美しい、良い夜ですね」

返事はない。いつものことだから期待などしていない。相手と同じような無礼な人間になりたくないから、礼儀正しくしているだけだ。ゾーイはスカートを摘まんでお辞儀をして再び歩みを進める。

通り過ぎかけたそのとき、ボース公爵が小声で言った。

「出席者の多い舞踏会のさなかに密会とは。異国の血はよほど奔放と見える」

ボース公爵はポケットから小さな紙の包みを取り出し、ゾーイに突き出してきた。受け取れという意味だろうけれど、得体の知れないものを信用できない相手から受け取ることほど馬鹿げた話はない。それでもこのままでは会話が続かないので仕方なく尋ねてみる。

「それは何でしょう?」

「おまえは持っていたほうが良かろう。間違っても、卑しい血を持つ王家の子を産もうなどと考えるな」

ボース公爵も、ゾーイが受け取るとは思っていなかったのだろう。さっさと包みをゾーイへと放る。後退ったけれど避け切ることはできず、包みはゾーイのスカートに当たって床に落ちた。

酷い言いがかりだ。貴族令嬢が結婚前に純潔を散らすのはふしだらだと後ろ指を差されるというのに、ゾーイはすでに純潔を失い、そればかりかいつ子を宿してもおかしくないと公爵は断じたのだ。

廊下に落ちた包みはおそらく堕胎薬。侮辱にも程がある。

ゾーイは怒りにかっと頬を紅潮させた。伯爵の娘が公爵に口答えするなんて無礼だとわかっているけれど、何か言わずにいられない。

そこでゾーイは満面の笑みを作って言った。

「何を仰っているのかさっぱりわかりませんけれども……それより、わたくしのお友達がヴェロニカ様のことを心配していましたわ。二十歳の社交シーズンも終わりに近付いているのに、まだ縁談がまとまらないのかしらって。殿方はぴんとこないのかもしれませんけど、行き遅れと呼ばれるのは、貴族令嬢にとってそれはそれは肩身の狭い思いだそうですわ。このままではいずれヴェロニカ様も、と思うと、お可哀そうで仕方ありません。わたくしのことより、お父上としてヴェロニカ様のことを気にかけていただきたいと願ってやみませんわ」

「……ッ！　おまえがっ！　おまえが邪魔するからではないか！」

「わたくし、何もしておりませんけれど？　――ああ、何もしなかったのがいけなかったのですね？　よろしければ、王太子殿下とお話ができる場を設け、ヴェロニカ様をご招待いたしましょうか？　わたくしにはそのくらいのことしかできませんが、ささやかながらもボース公爵とヴェロニカ様のお役に立てましたら、望外の喜びですわ」

公爵にはこう聞こえたことだろう。――ゾーイなら公爵やヴェロニカと違って、王太子との面会を容易に取り付けることができる。お膳立てはしてやるから王太子妃の座を獲りに行けばいい。どうせ今まで通り、王太子はヴェロニカに見向きもしないだろうが。

話し切ったゾーイは、満足して微笑む。ボース公爵は顔を真っ赤にして怒り狂った。

「この小娘がッ！　卑しい血の分際で図に乗るな！」

公爵が右手を振りかぶる。そのときになって、挑発し過ぎてしまったことに気付いた。

少し怖かったけれど、後悔はなかった。いっそ殴られて騒動にでもなれば、何らかの決着がつくかもしれない。遠回しな言葉の駆け引きをだらだら続けて、いつまでもすっきりしない日々が続くよりよっぽどいい。

ゾーイは大きく息を吸って、特大の悲鳴を上げられるよう構えた。

そのときだった。

「ボース公爵。何をそんなに声を荒らげておいでで？」

庭園のほうから現れたのは、宰相のジアウッド公爵ネスター・ラムゼイだった。

ベルクニーロには王家の傍流に当たる公爵家が二つある。王位継承権は持たない代わり、代々当主が重要な地位を世襲する権利を持つ。ボース公爵家は別名元帥家と呼ばれ、ジアウッド公爵家は宰相家とも呼ばれている。父と同年代のネスターは、先代の早逝により歴代で最も若くして宰相位を継いだが、その手腕はこれまた歴代一との呼び声が高い。

そんな現ジアウッド公爵にはボース公爵も強気に出られないのか、今しがたの激昂を一瞬にして収める。

「いや、何程のこともない。――失礼する」

ボース公爵は肩を怒らせて去っていく。それを見送ったあと、ジアウッド公爵はゾーイに向き直った。

「ゾーイ嬢、大丈夫でしたか？」

「はい。あの、助けてくださりありがとうございます」

ゾーイは気後れしながら返事をする。何というか、ジアウッド公爵には女性を恥じらわせる独特な雰囲気があった。灰色の髪に藍色の目をした美形で、頬がこけていて庇護欲を掻き立てるような痩せ方をしている。何より、アンニュイな表情と気だるげな話し方に何とも言えない色気があって、父と同じ年代の男性だがちょっとどきっとしてしまう。

頭に血が上っていっとき騒ぎを起こしてやれと思ってしまったが、止めてもらえて良かった。本当に騒ぎにしてしまったら、どれほどの面倒事になっていたことか。

「今宵のお礼は父と相談して、後日改めて伺わせていただきたく思います。わたくし、欠席していることになっておりますので、申し訳ございませんがこれにて失礼いたします」

「いや、急いでいるところをすまないが、少々いいだろうか？」

「……はい」

何か間違いがあるなどとは露ほども思わないが、男性と二人きりというのは居心地が悪い。それでも宰相に呼び止められては嫌とは言えない。ゾーイは仕方なくジアウッド公爵に向き直る。

「先程のことだが、この廊下はかなり音が響くらしく、離れたところにいたのに声が聞こえてしまった。あれはボース公爵が悪い。不当に君の名誉を傷付けようとする卑しい行為だ」

淑女にあるまじき応酬をしたことを叱られるかと思ったので、そうではなかったことにほっとする。感謝の言葉を述べようとしたが、続く公爵の言葉に開きかけたゾーイの口は止まった。

「だが、君には王太子殿下のことも考えてもらいたい。——正直なところ、私も血統主義は今の時代、国の発展を阻害する要因だと感じている。だが、そうとは考えず未だ帝国時代の誇りを守ろうとする者たちがいる。その者たちに留まらず、ベルクニーロの貴族すべての心の根底に、未だ血統主義は根付いている。君たちマーシャル伯爵家と縁故を結んだごく限られた貴族以外、誰も平民や異国の者と血縁関係を結ぼうとしないのがその証拠だ。国王陛下は、血統主義はいずれ衰退していくものと仰っておいでだが、今はまだそのときではない。王家に異国の血が入るという噂がこれ以上広まれば、非血統主義派を名乗る者たちでも強い抵抗感を示すだろう。代を重ねるごとに王家に生まれる御子は減り、今では殿下お一人。我が国の未来はアーノルド殿下お一人の肩にかかっている。それはわかるね？」

「はい……」

現在王位継承権を持つのは王太子ただ一人。彼にもしものことがあれば、王位を継ぐ者がいなくなり国も失われる——由々しき事態だ。

ジアウッド公爵は重い溜息をついた。

「アーノルド殿下は、ご自身しかお世継ぎがいらっしゃらないことで強気になっておられる。言い方は悪いが、我を通し続ければ、君との結婚も許される、とね」

聞いた瞬間、胸を押さえたくなるような痛みに襲われた。改めて思い知らされる。王太子とゾーイの結婚は、そのように言われるほど、あってはならないことなのだと。

咄嗟に隠したつもりだけれど、ジアウッド公爵は慰めるように話を続けた。

「もっと時代が進めば、君とアーノルド殿下の結婚も叶ったかもしれない。だが、今はまだ早すぎる。現時点でさえ、君に懸想していることを隠そうとしない殿下に反感を抱く貴族が少なからずいる。こんな状況で結婚を強行するようなことがあれば、貴族たちの心は殿下から離れていってしまうだろう。——国は国王陛下お一人で統治しているのではない。陛下に忠誠を誓う貴族たちが手足となり、統治をお助けするからこそ成り立っている」

貴族たちが拝領した地を国王に代わって治めることで、国土の隅々まで統治を行き届かせている。王宮では大勢の貴族が官職を拝命して日々国王の執務を支えている。ゾーイも多少は政治について学んでいるから、そのくらいなら知っている。

ジアウッド公爵は、悩ましげに告げた。

「にもかかわらず貴族たちの離反を招いてしまっては、アーノルド殿下がいくら優秀でも国は立ち行かなくなってしまう。そのような事態を、私は何としても避けたいのだ。アーノルド殿下には君をからかわないよう再三申し上げているのだが、聞き入れていただけない。だからゾーイ嬢、君の自制心を見込んで頼みたい。どうか殿下をお諫めし、正しき道に導いてくれないだろうか？」

そのあとジアウッド公爵と別れたゾーイは一人乗り込んだ帰りの馬車の中で、暗い車窓を眺めながらぽつんと呟いた。

「正しき道、か……」

信じられる人の言葉だから、胸にこたえる。

ジアウッド公爵は、ゾーイと同じく他人の言葉に傷付けられたことのある人だった。

ジアウッド公爵家は、ベルクニーロに残る二大公爵家の一つ。王家の傍流ではあるけれど、ずっと昔、王族と呼ばれる人々が増えすぎた時代に、末代までの宰相位の継承権を授かった。その代わりに、王位継承権を永久に放棄したという。ジアウッド公爵家も王家と同じく、代を重ねるごとに生まれる子が減り、今やジアウッド公爵一人しか残っていない。しかも公爵には未だ子がなく、このまま亡くなればジアウッド公爵家は消滅することになる。

待ち望んでも子が生まれず、先祖代々受け継がれてきた家が失われようとしているだけでも辛いはず。だのに、口さがない一部の貴族たちは誰が次の宰相になるか予想して楽しんでいた。さすがに当のジアウッド公爵が近付いてきたら、慌てて口を噤んでいたが。

そのとき、公爵は何でもない顔をして通り過ぎたが、ほんの一瞬、悔しそうに唇を噛んだのをゾーイは偶然目にした。それ以来、一方的ではあるが彼を同志のように感じている。

公爵は血統主義派にも非血統主義派にも属さない所謂中立派で、マーシャル伯爵家の悪口を言ったこともなければ、ゾーイに卑しむような目を向けたこともない。かといって味方してくれる素振りもないが、だからこそ公正で信用できる人だと思っている。

そんな人が言ったのだ。

――今はまだそのときではない。

どうしてゾーイも王太子も、生まれる時代が早すぎたんだろう。もっとのちの時代に生まれていれば――。

そこまで考えたところで笑いが込み上げてくる。

肩を揺らし、声もなくひとしきり笑ったあと、背もたれに寄りかかりやさぐれる。

「馬鹿ね……血統主義がなかったら、構ってもらえたかどうかもわからないのに……」

血統主義がなかったら、ゾーイは普通の令嬢でしかなかった。憐れでないゾーイは王太子の友達になるどころか、きっと彼の目に留まることもなかっただろう。

どのみち、ゾーイと王太子が一緒にいられる道などどこにもないのだ。

それがわかったのなら、早いほうがいい。


明け方、父と兄が帰宅した音を聞きつけて、部屋着を着て読書していたゾーイはすぐ部屋を出た。階段を下りていくと、玄関ホールで雑談していた父と兄、そして家令が顔を上げる。

「ゾーイ、ただいま」

微笑んで挨拶する兄に、ゾーイは微笑み返した。

「お、おかえりなさい……」

「寝ないで待っててくれたのか？」

嬉しそうな父に申し訳なく思いながら、ゾーイは階段を下りて二人の前に立つ。

「お父様と、あとお兄様にもちょっとお話があって……」

「今すぐ話したそうだね。込み入った話かい？」

「いいえ。本当にちょっとで済むの。――そろそろわたしの結婚相手を見つけてほしいって伝えたかっただけで」

それを言ったとたん、その場にいた全員に動揺が走った。

この反応はいったい何なのだろう。困惑するゾーイに、いち早く立ち直った父が言葉を選ぶようにして話しかけてくる。

「あー……ゾーイ？　いきなりどうしたんだ？　そんなことを言い出すなんて……」

「いきなりっていうことはないわ。これまでも何度かいい人を紹介してほしいって言ってきたと思うんだけど……」

もしや冗談と思われていたのかと心配になり、語尾がちょっと弱々しくなる。何やらショックを受けて二の句を継げないでいるらしい父に代わり、兄が子供に尋ねるような口調で聞いてきた。

「それはそうだけど、今まではそんなに積極的じゃなかったじゃないか。急に改まって結婚相手を見つけてほしいなんて言い出したのは、どんな心境の変化があったんだい？」

ゾーイはあらかじめ用意しておいた理由を口にする。

「アンジェが結婚したのを見て、羨ましくなったの」

夢見る乙女を演じてみせれば、父がいじけたように言った。

「ゾーイはずっと家にいてくれると思ったのに……サラウのためにも、結婚せずに家にいてくれるというわけにはいかないのかい？」

「わたし、いつまでも実家の世話になり続けるのは嫌なの。それにアンジェのように幸せな結婚がしてみたいわ」

がっくりする父と代わるようにして、兄が話しかけてくる。

「その結婚相手って、王太子殿下じゃ駄目なのかい？」

父がぎょっと目をむく。ゾーイは、母に続き兄までそれを言い出したことに呆れた。

「駄目に決まっているでしょう？　殿下とわたしとでは釣り合いが取れないわ」

「お似合いだと思うけどね？　――もしゾーイが殿下と結婚したいなら、それは不可能なことではないよ。ゾーイ、君はベルクニーロで一番金持ちの貴族の家の娘だ。王太子妃の座くらい、マーシャル伯爵家の力で手に入れてあげる。ね？　父上？」

「あ……ああ、うむ」

父が歯切れ悪く返事をする。

それって、お金の力で何とかするということ？　そんなことをしたら、周りの反感を買ってマーシャル伯爵家も王太子も、貴族たちからそっぽを向かれることになるのでは。

にこにこしている兄を見て、ゾーイはこれ見よがしに溜息をついた。

「冗談言わないでください」

これはからかわれているに決まっている。怒ってみせたけれど、兄は「冗談のつもりじゃないんだけどな」と悪びれずに言った。

――前から言っているように、ゾーイは好きに結婚相手を選んでいいんだよ。

父からもそう言われてしまい、ゾーイは父や兄を当てにするのを諦めることにした。となると、自分で結婚相手を見つけなければならない。

王太子を避けるために夜会を欠席する、なんて言っていられなくなった。

ゾーイは今年社交界二年目。しかも今は八月、月末にはシーズンが終わる。女性の場合、シーズンを重ねるごとに結婚が難しくなっていく。早く相手を見つけなければ、ヴェロニカ同様、ゾーイも笑い者になる。

しかし、久しぶりに出席した夜会では、はらわたが煮えくり返る噂が広まっていた。

「マーシャル伯爵令嬢が紙の包みを落としていったんですって。拾った人がその中身を薬師に確認させたところ、何と堕胎薬だったとか！」

「そんなものを持ち歩いていたということはやっぱり……」

「嫌だわ。ふしだらな」

触るのも嫌で放っておいたのがいけなかった。声を大にしてそれを持っていたのはボース公爵だと主張したい。でも、今更そう訴えたところで、その紙の包みに心当たりがあることを自白するようなもので、主張は嘘か言い訳にしか聞こえなくなる。自分の首を絞めるようなものだ。

ジアウッド公爵に助けてもらったお礼をするために父と兄には何があったか話したが、父たちもゾーイと同じ意見だった。ボース公爵に抗議したところでしらを切られるだけで、噂を面白おかしく煽り立てることにしかならない。知らぬ存ぜぬを通して事が収まるのを待つしかなかった。

けれど、社交界中がその噂でもちきりだから、せっかく夜会に出ても未婚の男性からは避けられてしまう。いや、近付く男性もいないことはなかったが、金や女にだらしなかったり、マーシャル伯爵家と繋がりたいという魂胆が見え見えだったりして、とてもじゃないけれど相手にする気になれなかった。

いつもならゾーイを取り巻く令嬢たちも、さすがに身持ちが悪いと噂されているゾーイには近付けないようだった。

人の集まる場で一人ぼっちだったのは、十二歳までだった。そんなことを思い出す。

隠された子と揶揄されるのが嫌で、父に頼み込んで出席した子供たちの社交界。最初は悪意だらけで、ゾーイと仲良くしようなんて子供は誰もいなかった。悪意を受け流し堂々と小さな淑女らしく出席を重ねているうちに、親からゾーイと仲良くするよう言われた令嬢たちに囲まれるようになり、悪意を向けられることがほとんどなくなったのだった。

けれど、噂一つでこの有様。アンジェがいれば一緒にいてくれただろうが、彼女は今新婚旅行中。でも、こんなのは今更だ。ゾーイを取り巻いていた令嬢たちとは、互いの都合で一緒にいただけ。大勢に取り囲まれていても、ゾーイは一人ぼっちと変わらなかった。

だから平気と、そう自分に思い込ませようとしても、辛さが胸を締め付ける。

自分本位かもしれないが、王太子くらいは味方になってくれると思っていた。

ゾーイが悪意ある噂に晒されているのは王太子だけのせいではないけれど、一因であることは間違いない。彼の言動が『二人が男女の仲』という誤解を招き、今ゾーイを追い詰める噂に発展しているのだから。

迷惑だなんて酷いことを言ったのはゾーイだけれど、一言くらい擁護してくれたっていいじゃないかと思ってしまう。

ううん、自分から殿下を切り捨てたんだから、頼りたいなんて思っては駄目。

弱気になってしまい、ゾーイは誰かがそれに気付いてしまう前にと会場を離れる。

王太子ほどではないが、ゾーイも他人から姿をくらますのが得意だ。しつこくダンスに誘ってくる男たちを、人影物陰を使って次々撒いていく。

気付いたときには、最後の一人も撒き切って、ひと気のない薄暗い庭園の隅に迷い込んでいた。明るいほうへ向かえば使用人か誰かがいて、道案内をしてくれるだろう。でも今すぐ戻ったら、せっかく撒いた男たちと出くわしてしまうかもしれない。歩き疲れてもいるし、この辺りに潜んで少し休憩しようか。

そう考えて座れる場所はないか辺りを見回したそのときだった。

「ゾーイ様のことは、そっとしておいて差し上げたほうがいいと思うんです」

自分の名前が聞こえてきて、ゾーイはギクッとする。話題の主に聞かれていたとなれば話し手たちも居たたまれないだろうと息を潜めれば、静かな屋外のこと、否応なく話の続きが聞こえてきた。

「あのような話が広まってしまっては、貴族令嬢としておしまいですわ」

震えを帯びているけれど、この涼やかな声には聞き覚えがあった。親しくない人たちが会話しているなら黙って立ち去ろうと思ったけれど、ゾーイのよく知る、しかも好意的な人物となれば、盗み聞きしたことを謝罪し自分は大丈夫だと伝えたい。

しかし、目にした姿と続く言葉に、ゾーイは凍り付いたように動けなくなった。

クサンダ伯爵令嬢マーガレット・スマイリが、王太子の胸元に縋り付き、顔を上げて訴えていた。

「殿下はゾーイ様の卑しい血を憐れんで何くれと気にかけておられたかと思いますが、あのような話が広まってしまっては、お可哀そうですけれど、社交界から退いてどこか静かなところでお暮らしになったほうがご本人のためだと思うんです。殿下がゾーイ様のために何か仰れば、余計噂を煽ることになり、ゾーイ様を更に傷付けるばかりです。お気にかけた方をお救いできないご無念はお察しします。ですからどうか、どうか……」

取り巻きの中でただ一人、本当の友人になれるかもしれないと思っていたのに。

マーガレットが「卑しい血」と口にした瞬間、彼女への期待は打ち砕かれた。

今ははらわたが煮えくり返って仕方がない。彼女は最初から王太子妃の座を狙っていたのだ。たまに聞かされたゾーイを貶すとも取れる言葉は、無邪気な性格からくるものではなく、天然を装って発せられた彼女の本心だったのだろう。

暗くてあまり見えないけれど、容易に想像がついた。

マーガレットの深緑の目には、今涙が浮かんでいるに違いない。あんな至近距離で見上げてくる顔に涙を見留めれば、どんな男でも多少はくらっとくるだろう。

それを裏付ける決定的な言葉を耳にする。

「ゾーイ様をお助けできなかったこと、さぞかし無念でございましょう。殿下の傷付いた御心を慰めるためでしたら、わたくし何でもいたします。ですから、ゾーイ様のことはどうぞそっとしておいて差し上げてください……！」

マーガレットは、王太子の胸元に顔を埋める。家族でも婚約者でも、まして夫でもない男性の胸に顔を埋めるなんて、何て恥知らずな。幼少期は別にして、十代になってからはゾーイだってそんなことは一度もしていない。

裏切られたという思いと、簡単に騙されてしまっていた己の愚かさが胸中に嵐を起こす。その嵐も、王太子の重い一言で凍り付いた。

「君の言いたいことはわかった」

王太子はマーガレットの肩に手を置き、ゆっくりと彼女に顔を近付けていく。

もう見ていられなかった。ゾーイは足音が立つのも構わず、その場から走り去った。

王太子の手の重みを肩に感じ、マーガレットは心の中で「やった！」と快哉《かいさい》を叫んだ。どれだけこのときを待ち望んだことか。

両親からは、ゾーイと仲良くなってマーシャル伯爵家との懸け橋になれ、それ以上のことはしてくれるなと言われていた。冗談じゃない。どうして美人で才気に溢れるマーガレットが、ただ金持ちなだけで元は平民の、異国の血を引く穢れた気味悪い黒髪の女に、媚びへつらわなければならないのか。

＊＊＊

十日ほど前の夜会で、庭に出ていった王太子とゾーイを追いかけたのは正解だった。二人が見晴らしのいい庭の真ん中に行ってしまったので、何を話していたのかは聞けなかったけれど、廊下のボース公爵との話はしっかり聞けた。廊下に放置された紙の包みの中身が何であるかも、ボース公爵の言葉から簡単に想像がついた。

ボース公爵もゾーイも、ジアウッド公爵も立ち去ったあと、誰からも見られていないのを確認して、マーガレットはそれを拾いに行った。そして自分の身元が割れないよう、出席者の顔も名前も把握してなさそうな下働きを捕まえて、その薬を預けた。

「財務大臣マーシャル伯爵のご令嬢が落としていかれたの。でも、落とす直前に誰かと怖い話をしていて。何でも『堕胎薬』とか。ご本人にわたしから直接お返しするのは憚られるから、おまえのご主人にお任せしたいわ」

噂好きな社交人なら、ゾーイに不利な噂を面白おかしくばらまいてくれるだろう。

そう思っていたのに、待てど暮らせど期待していた噂は聞こえてこない。そうこうしているうちにゾーイが再び夜会への出席を始めるとの話を聞きつけて、マーガレットは仕方なく自分で噂をばら撒くことにした。人混みや物陰で複数の声音を使って、誰かしらが噂をしているように偽装して。

〝純真無垢〟なマーガレットは、噂話には加わらない。今まで作り上げてきた自分像を、どれほど歯がゆく思ったことか。しかし努力が功を奏し、ゾーイの悪評は広まっていった。

そして王太子も噂を信じ〝友達思い〟なマーガレットを慰めるように肩に手を置く。抱きついた胸元で彼の顔が近付いてくる気配を感じ、マーガレットの胸は高鳴った。

が、王太子はマーガレットの顔を上向かせることなく、耳元で低く囁いただけだった。

「――噂というものは、丹念に辿っていけば必ず出所を突き止められるんだ」

「え……？　何の話です？」

このときのマーガレットは、王太子が何を言っているのか本当にわかっていなかった。わからないながらも何だか怖くなって、王太子から身体を離した。マーガレットが一歩下がると、肩に置かれていた王太子の手がするりと落ちる。

慰めてくださろうとしたのではなかったの？

異変に気付きながらもなお狙い通りに事が進んでいると思い込もうとしていたマーガレットは、顔を上げた瞬間、嘲笑を浮かべた王太子の顔を見てぎくっと身体を強張らせた。

「噂話を耳にした際、その場からこそこそと立ち去る一人の女性の姿を目撃したとの情報を複数人から得ている。その女性の顔は見えなかったそうだが、まっすぐな亜麻色の髪という特徴を持っていたそうだ」

「そ……それがわたくしだと……？」

ベルクニーロには、貴族が大勢いる。マーガレットと同じ髪色、髪型の女性だって何人もいる。それだけで特定はされないはずだ。

マーガレットは気持ちを立て直し、哀れみを誘う涙目になって王太子に訴える。

「王太子殿下とはいえ、たったそれだけで犯人扱いするなんてあんまりですわ」

「……これを見てもわからないか？」

王太子がポケットから取り出したものに、不覚にも身体を震わせてしまった。マーガレットが拾ったあの紙包みのように見えたからだ。

「先日、ゾーイが少しだけ顔を出した夜会会場で、下働きの一人が出席者から手渡された。その際にこのようなことを言われたそうだ。『財務大臣マーシャル伯爵の令嬢がこれを落とした。落とす直前に堕胎薬という言葉が聞こえた。怖いので自分から返しに行くことはできない。屋敷の主に任せる』と。主人は悩んだ末、マーシャル伯爵に面会を求め、己の知るすべてを話してその包みを伯爵に渡した。伯爵は包みの中身をお抱えの薬師に調べさせた。——中身は何だったと思う？」

返事をしなければ許されない雰囲気だったので、マーガレットはたどたどしく答える。

「それは……噂通りだったのではないかと……」

マーガレットが言葉を濁すと、それを吹き飛ばすようなはっきりとした口調で王太子は告げた。

「胃薬だったそうだ」

マーガレットは驚愕に目を見開いた。

「まあ、胃薬も飲み過ぎれば子が流れることもあるそうだが、一包みでどうにかなるものではない。——ボース公爵の話を聞いて、ゾーイも堕胎薬だと思い込んだそうだ。まあ、公爵はゾーイを侮辱するだけで良かったのだろう。ゾーイがそれを拾うとは思えないし、小道具にはこだわらなかったんだと思う。さて」

ここで王太子は言葉を切った。もったいぶるように。

「ボース公爵が放った紙包みを屋敷の下働きに預けた出席者は誰だと思う？　まっすぐな亜麻色の髪と深緑の瞳を持つ令嬢だったとの報告を受けた家令は、すぐさまその下働きを会場に連れていきその令嬢を捜し当てた。出席者全員を知る家令は断言したそうだよ。下働きに包みを渡した令嬢はクサンダ伯爵令嬢マーガレット・スマイリだと」

「し、下働きの言うことを信じるのですか!?　見間違えかもしれないではありませんか！」

必死に訴えるマーガレットを無視して、王太子は話を続ける。

「クサンダ伯爵家では違うようだが、たいていの貴族は信頼できる者しか雇わない。まあその信頼を裏切られることもあるが、雇う側は裏切らないと信じられる人間を雇うわけだ。下働きの証言は、そもそも疑いようがない。君に罪をなすりつけたところで、その下働きには何の得もないからね。――これらのことから、君が何をしたのかは明らかだ。だが、君のしたことに、法の上での罪があるわけではない」

それを聞いて、マーガレットは心底ほっとした。そうだ。マーガレットは罪を犯したわけじゃない。王太子であろうと、マーガレットを裁くことなどできない。

あとはどうやって、この失態を挽回して王太子妃になるための足掛かりを作るべきか。

「ああ、そういえば」

王太子が何かを思い出したようにふと呟く。

「昔存在したある国に、こういう法律があった。『目には目を、歯には歯を』。同じ身分同士であれば、同じだけ仕返しをして良いというものだ。ゾーイの名誉を傷付けた噂には、同じだけの噂でお返ししよう」

マーガレットはぎょっとする。そんなことをされたら、社交界にいられなくなってしまう。

「ま、待ってください！　あんなことをしたのには事情があるんです！」

「どんな事情があるか知らないが、私は興味ないよ。味方のふりしてゾーイを傷付けたというだけで万死に値する」

ぞっとするような目で睨み付けられ、マーガレットは「ひっ」と悲鳴を上げて後退る。

それを見て、王太子は満足げに酷薄な笑みを浮かべた。

「ゾーイを真似てその髪型にしていたようだが、まっすぐな髪を見せびらかしていれば、私の気が引けるとでも思ったか？　残念ながら、私はゾーイの髪だけを愛しているわけじゃないんだ。——策に溺れたな」


その後、クサンダ伯爵令嬢マーガレット・スマイリには不名誉な噂が流れた。〝友人〟であるゾーイに関する悪意あるデマを、故意に流したという噂だ。

その噂には信憑性があり、純真無垢、無邪気と思われていたマーガレット嬢の評判は地に落ちた。彼女は社交界中から非難を浴びて〝体調を崩し〟、療養のため王都を離れるという形で永久に社交界を去った。

その話をゾーイが知るのは、ずっとあとのことになる。

四章

王太子とマーガレットの密会を見てしまった翌朝、ゾーイは重い頭を振りながら起き上がった。寝不足もいいところだ。身体もだるい。

原因は多分〝あれ〟がなかったせいだ。

ゾーイはカーテンを閉め切ったままの窓辺に目をやった。そこには布に包まれた塊がある。少々ふらつきながらも近付いて、それを手に取った。もらってすぐの頃は両腕で抱えるほど大きかったのに、今では片手で持てるほどだ。

布を取り払い、じっと見つめる。

王太子からもらった猫のぬいぐるみ。最初は金色のように輝いていたけれど、毎晩抱いて寝て、汚れが目立ってくると洗濯してを繰り返しているうちに、布が擦り切れて光沢は失われていった。

今でも毎晩抱いて眠っている。けれど、昨晩は触れているのも見ているのも辛くて、かといって捨て置くこともできず、布で丁寧に包んで窓辺に置いた。

ぬいぐるみを失くす夢と、王太子が去っていく夢を、一晩のうちに何度も見た。見る毎にはっと目を覚ます。その繰り返し。やっぱり抱いて眠ろうと、一度ならず窓辺に向かった。けれど、ぬいぐるみに触れようとする度に、マーガレットの肩に手を置き顔を近付けていった王太子を思い出してしまい、指一本触れることなくベッドに戻ったのだった。

一夜明けて。

昨夜の嫌な気分が薄れてきたのか、手に取ることはできた。でも、いつものように抱き締める気にはなれない。代わりにふつふつと怒りが込み上げてくる。

わたしに散々絡んできていながら、何だったのよ昨夜のあれは。

あのように裏切られては、今まで貴族たちの悪意に耐えてきた自分が馬鹿らしく思える。

裏切られては？

「……裏切るも何も、最初から信じてなかったじゃない」

ゾーイは皮肉げに笑い、そう呟く。

王太子と結婚できるなんて端《はな》から思ってはいなかった。昔交わした約束を持ち出されても、冗談にしか聞こえなくて。

信じてなかったのなら、裏切られようもない。

なのに、裏切られたと感じるのは。

その答えと向き合いたくなくて、心に蓋をする。

こんなものを後生大事にとっておくから、いつまで経っても忘れられないのよ。

ちょうどそのときメイドが朝の挨拶に来たので、ゾーイはぬいぐるみを押し付けた。

「わたしの部屋じゃないどこかにしまっておいて。王太子殿下からいただいたものを捨てるわけにはいかないから」

「え？　ですがお嬢様、猫のアーニーちゃんがいないと寝られないって……」

「いつまでもぬいぐるみがないと寝られないなんて恥ずかしいわ。……それに、夫になる方に悪いもの。アーニーがいなくても寝られるよう、今から練習しておかないとね」

そうよ。殿下よりずっといい人を見つけて結婚してやるんだから。

ゾーイは心の中でそう決意を固めていた。


気合いを入れて次の夜会に臨んだものの、ゾーイは誰からもダンスに誘われなかった。

以前ならひっきりなしに独身男性から声をかけられたのに、今は遠巻きにされて、目を合わせようとすればあからさまに顔を背けられる。

マーシャル伯爵の娘という肩書は異国の血というデメリットを無視できるだけの威力があるけれど、ふしだらな女という噂はさすがにどうにもならないようだ。

大勢の出席者がいる広間で一人ぽつんと佇みながら、ゾーイは心の中で自嘲する。

馬鹿よね……昨夜のことを思い出せば、こうなるのはわかり切っていたじゃない。

ダンスどころか、談笑するのも難しそうだ。こんな状況では、結婚相手を見つけるのは無理だろう。今すぐ帰りたいところだが、会場に入ってからあまり時間が経っていない。早々に帰ってしまっては、主催者に失礼だ。

無礼にならないだけの時間をどう過ごそうかと悩んでいると、不意に声をかけられた。

「お嬢様。一曲お相手をしてくださいませんか？」

まだわたしも捨てたものじゃなかったわ！

嬉しくなって声のしたほうを見たものの、ゾーイはすぐにがっかりした。

いつの間にか近くに来ていた小洒落た美男子は、今までゾーイが避けてきた男性のうちの一人だ。女性にだらしなく、次々言い寄ってはトラブルを起こしているらしい。ゾーイはこれまでのように断ろうとしたけれど、思い直して差し出された手を取る。

踊り始めてから、男性が話しかけてきた。

「どういう風の吹き回しです？　今まではお誘いしてもつれない態度でいらしたのに」

ゾーイは思い出して、バツの悪さに顔を赤らめた。彼に限らず、評判の悪い男性からの誘いは全部断ってきた。その際、二度と誘わないでほしいという気持ちを込めて少し冷たい態度で。

「わ……悪かったわ。伝え聞いた評判をそのまま信じてしまっていたの。本当のところは当人にしかわからないのに」

意外とゾーイが避けてきた男性たちの中にこそ、理想の結婚相手が見つかるかもしれない。が、そんな考えはあっさりと覆された。

「謝っていただくことはありませんよ。噂は本当ですから」

まったく悪びれる様子なくにっこりと笑う男性に、ゾーイは軽蔑の目を向ける。男性は噴き出したあと、笑いを噛み殺しながら言った。

「お嬢様は、実に面白……いえ、興味深いお方ですね」

軽蔑されて笑うなんておかしな人だ。この人とは理解し合える気がしない。ゾーイは小さく溜息をついて話題を変えた。

「どうしてわたくしをダンスに誘ったの？　わたくしにまつわる酷い噂はあなたも耳にしているでしょうに」

「私が気にする必要ありますか？」

「……ないわね」

噂通りの人物だそうだから、身持ちの悪い女はむしろ好都合だろう。

それに気付いて顔をしかめると、男性はからからと笑った。

「お嬢様と一度踊ってみたかっただけで、誘惑するつもりはございません。ついでに申し上げると、お嬢様に求婚するなんて大それたことも考えておりません。命は惜しいですからね」

物騒な物言いに、ゾーイは呆れて言った。

「命が惜しいって、わたくしも、わたくしの父も兄も、そんなに怖い人じゃありません」

「いやいや。お嬢様や、お父上や兄上のことじゃありません。今だってひやひやしているんですよ。――あ、ほら」

突然、ゾーイの二の腕が後ろから摑まれる。その瞬間、ダンスの相手はゾーイから手を放してホールドアップした。

「私は退散いたします。殿下のものに手を出すほど、命知らずじゃありませんので」

言うが早いか、男性はダンスをする人々の間を縫って離れていく。

「ええ⁉　ちょっと待ってください！」

呼び止めようとしたけれど、腕を引っ張られて叶わなかった。振り向けばそこにいるのは王太子。そのまま引きずられるようにして会場の外に出る。助けてくれる人は誰もいなかった。この夜会で一番身分が高いのが王太子である以上、彼に逆らえる者などいない。

ゾーイもまた、王太子に従わざるを得なかった。衆目のあるところで逆らってみせれば、王太子に逆らうなんて何様だとあとで非難されるに決まっている。だから我慢し、黙ってついていった。

だがそれも、屋外に出て明かりの届かない木立の間に王太子が入ろうとするまでのこと。こんなところで二人きりになったら、あの不名誉な噂を肯定するようなものだ。

ゾーイは力を振り絞って、王太子の手を振りほどいた。

王太子は、振り返って驚いた目をゾーイに向ける。それを見て、ゾーイは少しだけ胸がすく思いを抱きながら、今のうちにと身を翻す。

駆け出そうとヒールのある靴で強く地面を踏んだその瞬間、再び二の腕を強く摑まれ、引き倒されそうな勢いで後ろへと引っ張られた。

転ぶ――――！

覚悟したけれど、実際は転ばなかった。王太子に木陰へ引きずり込まれ、木の幹に両肩を押し付けられる。

ここまで早足だったのと、転びそうになったせいで、ゾーイの息は上がっていた。一方、ゾーイが無事だったことに安堵したのか、王太子はほっとしたような深い息をつく。

転んでいたかもしれないと思うとまた腹が立って、ゾーイは小声で抗議した。

「何を考えてらっしゃるんですか。あんな騒ぎを起こして、わたしをこんなところまで連れてくるなんて。お立場をよくお考えになってください」

ゾーイ自身の評判は、最早諦めている。けれど男性であり身分が高い王太子ならば、まだ挽回できる。ゾーイとの噂などなかったことにして、二度と関わらなければ済む。

俯いて潤む瞳を隠せば、王太子はゾーイの肩を揺さぶった。

「君こそ何を考えてる!?　数々の浮き名で有名なあの男と一緒にいたら、君の評判に傷が付くと何故わからない!?」

王太子の言い草に腹が立って、ゾーイも声を荒らげてしまった。

「わたしの評判なんてとっくに地に落ちています！　それどころかダンスの最中殿下に連れ出されたせいで、地に穴を掘ることになるでしょうよ！」

「ヤケになったって何にもならないぞ！」

ヤケにならなければやってられない状況を作った張本人が何を言っているのだか。

ゾーイは王太子から逃れようと、肩を摑む手を引きはがすべくもがいた。

「殿下もわたしのことをふしだらな女だと思ってるんでしょう!?　わたしなんて放っておいて、マーガレット様と密会でもなさってきたら!?」

「！　あの場にいたのは君だったのか。ったく……君は本当に猫みたいだね。どこに隠れているかわかったものじゃない」

呆れたように溜息をつく王太子を、ゾーイは抵抗を続けながら睨み付けた。

「そんな言葉で誤魔化さないで。わたし見たのよ。殿下がマーガレット様に——キ、キスしようとしていたところを」

「キスなんてしてない！　聞いてくれ話を」

王太子が珍しく慌てたが、ゾーイにはそれに気付く余裕もなかった。

「言い訳なんて聞きたくない！」

より一層暴れるゾーイに、王太子は舌打ちをした。万歳をさせるようにゾーイの両腕を上げさせて押さえつけると、俯く彼女の唇をすくい上げるようにして唇を重ねる。

「――！」

驚いたゾーイの動きが、一瞬止まった。荒々しい口付け。こんな身勝手なキスにさえも悦びそうになった自分に嫌気がさしながら、ゾーイは首を大きく振って逃れようとした。

「――っ！　この……っ」

唇が離れた際に悪態をついた王太子は、ゾーイの顎を掴んで再び唇を重ねてくる。ゾーイは解放された手で彼を突き飛ばそうとしたが、王太子は全身でゾーイを木の幹に押しつける。かろうじて二の腕を掴んだ手では押し返すこともできない。

唇をぐるりと舐められて、甘い痺れが背筋を走った。そのまま甘噛みされ、舌が歯茎をなぞる。痺れは手足にも及び、抵抗する力も、その場に立っている力さえも失っていった。

かくんと膝が折れ、ゾーイは崩れ落ちそうになる。

王太子は抱き締めるようにゾーイの身体を支えると、耳元で囁いた。

「ゾーイ、心配しないで。君の評判を貶めた奴らには、近々報復する予定だから」

これを聞いて、ゾーイはキスの甘い余韻から覚めた。王太子の身体を押し退けながら胡乱げに返す。

「――報復？　わたしの評判を貶める元凶である殿下が、何を今更仰るのです？」

暗闇の中、アーノルドの口元から「くっ」と皮肉げな笑い声が漏れ聞こえた。

「私が元凶？　違うな。私がいなくとも、奴らは君を貶めていたはずだ。私がしたことは、少々煽っただけのことだ」

それを聞いてゾーイはかっとなった。

「〝少々煽った〟？　じゃあ殿下もわたしが悪口を言われて耐え忍んでいる姿を見て楽しんでいた一人ですか！」

「何故そう極端な考えに走るんだ」

呆れたような声が返ってきて、ゾーイの怒りはますます膨らんだ。

「極端なものですか！　ちょっかいは出してくるくせに、わたしが嫌な思いをしているときは助けもしないで！」

言ってしまってから後悔する。こんな弱音、聞かせたくなかった。言葉にしたことで辛い記憶が蘇り、目尻が涙で滲んでくる。

暗闇で見えないのだから何もしなければ良かったのに、無意識に目を拭いかけたせいで気付かれてしまった。王太子はゾーイの目尻を親指で拭いながら憐みの声をかける。

「辛かったんだね。可哀そうに」

「……どなたのせいだと思っているんですか？」

力無く言い返したゾーイの頭を、王太子は優しく撫で始めた。

「どんな報復をしてほしい？　どうすればゾーイの気は晴れるかな？」

「報復なんて望んでません」

報復したところで何になるというの？　殿下が貴族たちの反感を買うだけじゃない。

そう思ったけれど、口にしなかった。すれば王太子を無意味に喜ばせる気がして。

「報復したところで、わたしは変わらず卑しまれるわ。むしろ、わたしのせいで殿下から酷い目に遭わされたと考えて、わたしを憎むようになるでしょうね。報復されなかった人も、殿下に報復をさせたわたしを許さないと思うわ」

やさぐれた気分でそう言い捨てる。王太子はそんなゾーイの気持ちを汲むかのように優しく話し始めた。

「大丈夫。一人も取りこぼしなく、逆恨みの芽すら残さず徹底的にやるから」

聞き間違いかと思った。王太子の口調があまりに柔らかかったから。

頭の中で反芻し意味を理解するにつれ、ゾーイは奇妙な恐怖に囚われていく。

「……逆恨みの芽も残さずって、どういうことですか？」

ゾーイの怯えを含んだ声に、王太子は楽しげに答える。

「わかりやすい表現だと思ったんだけどな。――つまり、一族郎党、死の床についた者から生まれたばかりの赤ん坊、奴らに仕える使用人に至るまで、逆恨みできない状態にするということだ」

「ちょっと待ってください！」

ゾーイが止めるのも聞かず、王太子は話し続ける。

「確実にするのであれば皆殺しだな。そうだ。一族郎党集めて、その中で一番罪のない者から順に処刑していこうか。奴らに人としての情があるか甚だ疑問だが、順番が回ってくるまでの間処刑の光景を見ていれば、さぞかし肝が冷えることだろう」

その光景を想像して、ゾーイはぞっとする。

怯えているゾーイを木の幹と自身の腕の中に囲い、王太子は再び顔を近付けてくる。

「私の大切なゾーイを苦しめた奴らを、ただの一人も許してなるものか。私と君が過ごせたはずの時間を奪った分の報いもたっぷり受けさせてやる。ゾーイ。君には決して危害を加えさせないから安心して」

再び唇が重なったけれど、先程のような狂おしい甘さは感じられなかった。

今仰ったことは冗談？　それとも本気なの？

頭は混乱に見舞われる。

そのとき、王太子の膝がスカートに押し付けられた。それだけに留まらず、太腿を割ろうとするかのように内股に入り込もうとする。彼がしようとしていることに気付き、全身の毛が逆立つような感覚を覚えた。

ゾーイは反射的に、足の間に割り込みかけた王太子の足をかわし、力いっぱい踏みつける。

「痛――!」

王太子は声を上げ、痛みに顔をしかめる。そのとき拘束が緩み、ゾーイは王太子を突き飛ばしてその場から逃げた。


用意された馬車に、ゾーイは転げるように乗り込んだ。

もう社交界に出られないわ……!

ゾーイは心の中で泣いた。

屋内に戻ったゾーイを待ち受けていたのは、人々の好奇の目。ゾーイと目が合うと頬を赤らめてそっぽを向く様子から、暗闇のおかげで先程の王太子とのやり取りは見られなかったとはいえ、少なくとも聞かれていたのではと察せられた。

顔を真っ赤にして涙目になったゾーイは一目散に正面玄関へと走り、行き合った兄にすでに馬車を呼び出している旨を教えられたのだった。

おそらくゾーイが王太子に連れ出された時点で呼んでいたのだろう。兄の機転がなければ、ゾーイは馬車の到着を待たされたはず。その間人々の目に耐えられたとは思えない。

馬車が走り出した頃には、ゾーイの心は怒りで占められていた。

ゾーイの立場を考えず、社交界で嫌な思いをしているゾーイを助けるどころかからかい、時に放置した人。いくら好きでも、そんな自分勝手な人とは一緒にいられない。ましてや、王太子はプロポーズしたわけでもないのに、ゾーイのことを自分のものと言ったのだ。弄ばれているように感じられ、むかむかとさらに怒りが込み上げた。

今度という今度は、王太子と決別する。

そのためには、やはり結婚相手を見つけなければならない。結婚すれば、さすがに王太子も諦めてくれるだろう。人妻、いや婚約者のいる女性にちょっかいを出すような人じゃないと思いたい。夫となる人が妻を守る権利を行使してくれるだろうし、ゾーイも結婚したことを理由に王太子から距離を取ることができる。

だが、問題はその結婚相手をどうやって見つけるかだ。

恥ずかしくて、もう社交界に出たくない。だがそうなると出会いの場は極端に減る。父も兄もゾーイのために動いてくれる気はなさそうだということを考えれば、八方ふさがりの状況だった。

今年の社交界はもうすぐ終わってしまう。

一晩中悩んで悩んで、悩み疲れたゾーイは、翌日気分転換に書店に行こうと思い立った。

昔は商人を屋敷に呼んで買い物をするのが当たり前だった貴族たちも、最近は店舗に足を運んで、掘り出し物を見つける楽しみに目覚めつつあった。そのため、貴族街にほど近い場所に貴族向けの店が立ち並んだ。

書店もその一つだ。紙の大量生産が可能になり印刷技術が発展したことで、以前より簡単に、安く本を手に入れられるようになった。書店に並んでいるのはゴシップや生活に役立つ情報などをまとめた雑誌に、架空の冒険譚や恋愛話が綴られた読み物などが多い。

幼い頃、本が友達だったこともあって、今も本を読むのは好きだ。何でも読むほうだけれど、年頃になってからは特に恋愛小説が好きで、気に入った作家の作品は新刊が出る度使用人に買いに行かせている。

けれど書店に自ら足を運ばなければ新たなお気に入りとはなかなか出会えない。ゾーイは友達が少ないから尚更だ。今年のシーズン中は親友になったアンジェと交流したり、例のキスをはじめとした王太子との噂のせいで出掛けるのが億劫になったりで書店にも足を運べずにいたけれど、そろそろ手元にある本には飽きてきたので新しい作品を物色したい。

ゾーイは馬車で商店街の近くまで行き、そこから小間使いと護衛を一人ずつ連れて書店に歩いて向かった。ゾーイの父の身分や立場を考えると、護衛をもっとたくさん連れていくべきだけれど、それだと悪目立ちしてしまう。そのため、他の複数の護衛は離れたところで通りすがりを装って任務にあたっている。

ゾーイはボンネットを目深に被って本屋に入っていった。客はたいてい本を見に来ているので、こうして顔に影を作ってしまえばわざわざ覗き込んでくる人はいない。目立つ黒髪も結い上げてボンネットに隠しているので、誰もゾーイだと気付かないだろう。実際、これまでも何度か同じようにして書店に通っているが、取り巻きの令嬢とすれ違っても気付かれたことはない。

書店の中は意外と涼しかった。入り口はもちろん、窓という窓を全部開け放っているからだろう。そよ風が店内を巡っていて、ボンネットで頭のほとんどを覆っていても暑さが気にならない。

今日は心ゆくまで本を選ぼうと恋愛小説が置かれているコーナーに向かおうとしたそのとき、不意に声をかけられた。

「こんなところで会うなんて奇遇だね。久しぶり」

茶褐色の巻き毛に青灰色の目をした若い男性だ。顔は青白く、鼻の頭を中心に少し濃い目のそばかすが散っている。親しげに話しかけてきたこの人物に見覚えがある気がするけれど、ゾーイは相手が誰だかわからずこっそり警戒した。

ゾーイが覚えていないことに気付いたのだろう、男性は気まずげに目を逸らした。

「ごめん。最後に会ってからもう何年も経つし、僕のことなんて覚えてないよね？」

失礼な話だけれど、妙に自嘲的な態度を取られたことで、古い記憶が蘇った。

「スティーブ？　スティーブね！　本当に久しぶり！　留学から帰ってきたの？」

ドゥーマン男爵嫡男スティーブ・コンビトンだ。遠いながらも血の繋がった親戚で、歳も近いことから、何度も屋敷に招待されていた。本が好きという共通の趣味があって他の子たちよりよく話をした。彼は人付き合いが苦手で気弱なところがあったが、好きな本の話になると饒舌になった。

七年ほど前、ゾーイが外の世界へ積極的に出るようになった頃から疎遠になり、二年前、人づてにテンブルス共和国に留学したと聞いていた。いつ留学から帰ったのだろう。

けれど、スティーブの様子を見て、ゾーイは心配になる。

「顔色が悪いようだけど、大丈夫？　留学生活はそんなに大変だった？」

体力がなく、身体を動かすこと全般が苦手だったスティーブ。今はひょろりと痩せていて頼りなげなばかりではなく、顔色が悪く頬もげっそりこけて、まるで病人のようだ。

心配するゾーイに、スティーブは胸の前で慌てて小さく手を振った。

「あ、いや。本に夢中になって夜更かしをしてしまっただけで……あ、そうだ。積もる話もあるし、時間があるならその辺の喫茶室に行かないか？」

ゾーイは顔を引きつらせてしまった。本屋ならだいたいの人が本を見ているからいいけれど、喫茶室ではボンネットを被っているとかえって目立つ。噂の渦中にあるゾーイがあまり見かけない男性と一緒に入れば、新たな噂の種を提供することになる。

「僕と喫茶室に行くのは嫌？」

「いいえ！　そういうわけでは……」

「じゃあ散歩ならどうかな？　暑くても大丈夫なら、公園なんてどう？」

そう言いながら、スティーブはゾーイを書店の外へと誘った。彼らしくない一方的で性急な態度だ。背中に添えられた手から、おかしな震えを感じる。足取りもどこか覚束ない。

「わたしは平気だけれど、あなたが大丈夫じゃないんじゃない？　寝不足なら、帰って寝たほうがいいわ」

心配して帰宅を促したけれど、スティーブは「大丈夫大丈夫」と言って聞く様子がない。

「でも……」

「ホント大丈夫。よく効く薬持ってるから」

スティーブは懐から紙の包みを取り出す。

似たような紙の包みのせいで嫌な思いをしたゾーイは、その様子を見てまたも顔を引きつらせてしまう。スティーブはそれに気付かず、包みを開けて中身を呷った。

自身の身体を抱き締めて震えるスティーブに、ゾーイはおずおずと声をかける。

「お水なくて大丈夫？」

「――いや、要らない。心配かけちゃったね。ごめん。さ、行こうか」

顔を上げ明るくそう言ったスティーブの手の震えは、嘘のように止まっていた。それを見たゾーイは「大事を取って今日は帰ったら？」と言えなくなっていた。

暑さ厳しいこの季節、公園内の散歩道に人影はまったくなかった。日傘を差したゾーイの隣をスティーブが速度を合わせて歩く。小間使いと護衛は少し離れてついてきていた。

本当によく効く薬だったようで、青白い顔は相変わらずであるものの、思いの外足取りはしっかりしていて、ゾーイはこっそり安堵した。

最初はゾーイが留学生活のことをあれこれ質問したけれど、質問が切れると今度はスティーブが質問してきた。

「ところで、留学前なら親戚の男性と一緒に喫茶室に行くくらい平気だったゾーイが、どうして臆病になっちゃったのか聞いていいかな？」

少し迷ったけれど、思い切って話すことに決めた。スティーブが王都にいるなら、いずれ誰かの口から聞かされるはずだ。悪意まみれの噂を吹き込まれる前に、ゾーイの言い分を聞いてもらいたい。

「……悪い噂を立てられてしまったの」

最初は口が重くなってしまったけど、この一言がきっかけとなり、ボース公爵から薬の包みを投げつけられたところからこれまでのことがするすると口から出てきた。

「〝そんなものを必要とするなんて、何とふしだらな！〟って陰口叩かれてるのよ――って何？　その物言いたげな目は」

幼馴染の気安さで睨んでみせると、スティーブはあたふたと無意味に手を動かした。

「い、いや。それってぺらぺら話せることじゃないんじゃない？　ましてやゾーイは当事者なんだから。普通の令嬢ならショックで部屋に閉じ籠ってしまうんじゃないかって思って。……でも、ゾーイは悪意をものともせず立ち向かう人だったよね。そういうところ、変わらないなぁって思って」

話し終える頃には気まずげに目を逸らす。スティーブは困るとそうする癖があった。ゾーイが思い出せたのも、その仕草のおかげだ。

スティーブはもごもごと話を続ける。

「その……君が変わっていなくて良かったよ」

「あなたは大人になって見違えちゃったけれど、変わっていないところがあって良かったわ。じゃなきゃ、今もまだ『誰？』って首をひねってたかも」

驚いたように目を瞬かせながら、スティーブはゾーイのほうを見る。お互いの視線が合うと、どちらからともなく笑い声を上げた。

ひとしきり笑ったあと、スティーブから話を振ってくる。

「それで、ゾーイはどうしてたの？　去年社交界デビューしたって聞いてたけれど、結婚の話を聞かないね？」

ゾーイはうっと喉を詰まらせた。ゾーイの年頃だと、結婚に関する話を振られるのは、お天気の話題を振られるのと同じくらい普通のことだ。わかってはいるけれど、今その話題はキツい。

「美人で性格もいいゾーイなら引く手あまただと思うんだけど、何でだろうね？」

スティーブは昔から異国の血に頓着しない。自身も元は平民だったマーシャル伯爵家の血を引いているからだろうか。浮世離れした彼に気が抜けて、ゾーイの口は軽くなった。

「それにはいろいろな事情があるのよ」

ゾーイは今シーズン王太子との間であった出来事を詳しく話した。詳しくといっても、キスの辺りは言葉を濁したけれど。

「お父様もお兄様も『ゾーイの好きな人と結婚すればいいんだよ』なんて言うけれど、悪い噂が流れてる上に殿下のせいで男性が近寄ってこなくなっちゃって、これでどうやって結婚相手を見つければいいっていうのよ」

話を終えると、スティーブはゾーイに顔を寄せて小声で言った。

「じゃあさ、僕と結婚しない？」

「は？」

思いがけない提案に、ゾーイは目をぱちくりさせた。

「でも、だって、あなた、わたしのこと好きじゃないでしょ？」

「いや、好きだよ。でも、確かに恋愛の意味で好きかと聞かれたら違うかも。――妙案があるんだ。彼らに聞き耳立てられない場所で話さない？」

スティーブはちらっと小間使いと護衛のほうを見て、ゾーイを公園内の人工滝のある辺りへ連れていった。

均一に形成されたブロック岩を積み上げられて作られた滝が見えてきたところで、ゾーイは小間使いと護衛に木陰で待つように言い、スティーブと二人で滝の側まで行く。二階の天井くらいの高さがある滝から冷たい風が吹きつけてきた。

「ここなら涼しいいし、滝の音で話し声も聞こえにくいんじゃないかなって」

「本当。夏場の内緒話にもってこいね」

互いの声も聞き取りづらいだろうけれど、それは顔を近付ければ解決できそうだ。

「それで妙案って？」

「僕と結婚をして、二人で僕の留学先に移住するんだ」

「何で移住を？」

きょとんとするゾーイに、スティーブはバツの悪そうな顔をして頭をかく。

「ちょっと……留学費用が足りなくなって、それで帰ってきたんだよね。実家もそんなに裕福じゃないし、僕の我儘でこれ以上親に出してもらうのも申し訳なくてさ。君と結婚して商会に入れてもらったら、働きながら勉強するよ。君も国を出れば、さすがに殿下も追いかけてはこられないだろう？　もちろん、僕は君に手を出さないよ」

その辺りのことは信用している。スティーブは相手の同意を得ずに何かするような人じゃない。——先程やや強引に公園へ誘われたことを忘れて、ゾーイはそう思う。

「あ。でも簡単に離婚できるかしら？　わたしの父はわたしに甘いから説得すれば許してくれそうだけど、あなたのご両親はどう？　激怒して勘当！　なんてことにならない？」

スティーブは一瞬目を丸くしたけれど、すぐににこにこ顔になって返事をする。

「それこそ本望さ。テンブルス共和国に永住して、好きなだけ学問に打ち込める。家は弟が継ぐだろうし、生活に余裕ができれば仕送りもするつもりだ。実家の家計を支えるためにね」

そこまで考えてのことなら一安心だ。懸念がなくなると、ゾーイの頭の中は新たに示された選択肢でいっぱいになった。

商会で働くなんて考えたことがなかった。ゾーイは伯爵家の娘で、結婚して他の貴族の家に入らなければならないと思っていたから。それができなければ、行き遅れの娘を抱えるということで家名に泥を塗ると思い詰めていただろう。

でもマーシャル伯爵家にはハンセル商会がある。父の許可さえ下りれば、商会で働くという人生も切り開ける。

まだ何やら話し続けているスティーブの手を、ゾーイはいきなり摑んだ。

「是非そうしましょう！」

「え？」

今度はスティーブが目をぱちくりさせる。

「偽装結婚をして国外に出たら、わたしも商会で働くわ！　そしてお互いの生活が軌道に乗ったら離婚しましょう！」

視界が一気に開けたような思いだった。

その勢いに今度はスティーブが戸惑う。

「え……でも……」

「スティーブなら大丈夫！　勤勉なあなたなら、わたしと離婚しても商会が引き留めたいと思うような人材になれるわ！」

話を持ちかけたはずのスティーブを置いてきぼりにして、ゾーイは話をまとめた。


その日、スティーブと別れたゾーイは、書店に戻らずハンセル商会の店々を回った。商会の仕事はどんなものか、実際に見てみたかったからだ。

新生活への期待で頭がいっぱいで、小間使いや護衛、各店の従業員たちの困惑にも気付かない。店内を隅々まで見て回り、客がいない隙を狙ってどんな仕事があるか質問攻めにする。一体ゾーイに何が起きたのか、わかる者は誰もいなかった。

そして夕方、父や兄の帰宅に合わせて帰宅したゾーイは、玄関ホールで偶然顔を合わせた二人に息を弾ませ報告した。

「お父様、お兄様。わたし、スティーブと結婚するわ！」

「誰だ!? そのスティーブという奴は！」

激昂する父に、家令が「ご親戚のドゥーマン男爵嫡男スティーブ・コンビトン様です」と伝える。昼間彼と会っていたことを、小間使いか護衛かが報告したのだろう。

「そう！　小さい頃よく本の話で盛り上がっていた、あのスティーブよ。今日ばったり会っておしゃべりして、彼の視野の広さに感心して結婚したいなぁって思ったの。結婚したら外国へ移住したいわ」

顔を引きつらせている父たちに気付かず、ゾーイはまくし立てる。

「それでねお父様、お願いがあるの。移住したら、移住先にあるハンセル商会で働きたいの。わたしもスティーブもよ。わたしたち二人とも、あまり実家に頼りたくないの。だから働き口だけ口を利いてもらえない？　スティーブは頭が良くて真面目だし、わたしはどんな仕事でも精一杯頑張るわ」

「でもさ、ゾーイ……」

口を挟んできた兄に、ゾーイはすかさず言葉を返す。

「お兄様が言ったんじゃないの。わたしは好きな人と結婚すればいいって。だから好きな人を見つけて結婚することにしたのよ。あ、お母様にはもう少し話がまとまってから報告しようと思っているわ。まずはスティーブがご両親と一緒に挨拶に来てくれるそうよ。明日にでも手紙が届くと思うから、都合のいい日時を連絡しておいてちょうだいね」

「あ、ああ……」

ゾーイの勢いに押されて、父と兄はたじろぎながらも頷いた。


これで良かったのよ……。

ゾーイは心の中で自分に言い聞かせる。

時間を置けばまた迷いそうだったから、決心が鈍らないうちに報告した。結婚という人生の一大事に関わること。一度口にしてしまえば、「やっぱりやーめた」なんてそうそう言い出せない。スティーブも今頃とっくに家族に報告しているだろうから、尚更だ。

窓辺に立って空を見上げる。夏場でも夜は冷えるから、メイドたちが窓を閉め、鍵をかけている。それを開け放って。

今日は新月。新月の夜は抜け出しやすいからと、王太子はよくゾーイのもとを訪れた。

王太子と距離を置くことを決めたその日から、ゾーイはメイドに自分の部屋の鍵をかけさせた。それでも王太子はやってきた。開かない窓をガチャガチャ鳴らし、小声でゾーイに語りかける。

――ゾーイ、開けて……中に入れておくれよ……。

そのときゾーイは眠ったふりをしていた。時に罪悪感に駆られて窓を開けたくなったけれど、枕の下に頭を入れて、そのまま頭を押さえて耐えた。王太子はどのくらい無駄足を踏んだだろう。長かったようにも短かったようにも思う。気付けば、彼の訪れは途絶えていた。

こんな新月の夜のせいだろうか。あの頃のことを思い出す。胸に宿る切ない思い。多分、一生忘れないだろう。それでも、外国に行って彼のことを耳にする機会が減れば、思い出すことも減るに違いない。

トントントン、とノックの音がした。

「ゾーイ、起きてるかい？　ちょっといいかな？」

兄の声だ。ゾーイは慌てて窓を閉めて鍵をかけた。ついでにカーテンも閉め、窓辺から離れる。夜空を見上げて王太子のことを思っていたのを、知られたくなかった。

「起きているわ。どうぞ」

入ってきた兄は、手に一本のワインと、ワイングラスを二つ持っていた。

「……前祝いに、どうだい？　甘口だよ」

ワインを嗜む歳になったけれど、ゾーイはどうしても辛口はあまり飲めなかった。でも甘口は好きで、逆に飲み過ぎに注意しなければならない。

「つまみになるものを持ってくれば良かったかな？」

「なくていいわ。寝る前だもの。あ、お兄様が欲しいならメイドに言いましょうか？」

「いや、ゾーイが要らないならいいよ」

兄は長椅子に座ると、手前に置かれた長方形のローテーブルにグラスを並べて置いた。

それからコルクを開け、二つのグラスに少量注ぐ。

「乾杯」

お互い手にしたグラスを軽く持ち上げ、それから口をつける。

「美味しい……」

「デザートワインだよ。ゾーイの口に合うと思ったんだ」

兄はゾーイのグラスに少し注ぎ足す。ゾーイはそれにまた口をつけた。

「飲み過ぎちゃいそう」

「明日は特に用事はないんだろう？　だったら好きなだけ飲めばいいさ」

しばらく無言でグラスを傾ける。

兄がぽつんと言った。

「てっきり、ゾーイは殿下のことが好きなんだと思っていたよ。スティーブのことは、殿下より好きなのか？」

「……もちろんよ。そうでなきゃ結婚したいなんて思わないわ」

「殿下のことは？」

「殿下の話はしないで……」

「これで最後にするから聞かせておくれ。——父上も言っていたように、ゾーイが殿下と結婚したいなら、我が家の力を使えば造作もないよ？　ゾーイが王太子妃になっても、王妃になっても、ずっと全力で支え続ける。それでも、殿下と結婚したくないのかい？」

「お兄様、馬鹿なことを言わないで。そんなことをしたら——いいえ、しようとするだけで貴族の間で争乱が起きるわ。わたしは国を乱してほしくないの。お兄様たちにも、王太子殿下にも」

酔ってきたみたいだ。何だか頭がふわふわする。

ゾーイは長椅子からすとんと腰を落とすと、兄の膝にもたれかかった。グラスを持ち上げれば、兄がワインを注ぎ足してくれる。膝にもたれたまま行儀悪くグラスを呷れば、兄は自分のグラスを置いてゾーイの頭を撫でた。

「おまえは本当に猫みたいだね。殿下の言う通りだ」

「だから、殿下の話はしないでって……」

意識が遠のいていく。それに合わせてゾーイはそっと目を閉じた。

冷えた風を感じ、ゾーイの意識はわずかに浮上した。

窓が開いているの？　メイドたちがいつものように鍵もかけたのに？　そういえば、そのあと開けたわ。お兄様が来たから慌てて閉めたけれど、あのとき鍵はどうしたかしら？　思い出せない。お兄様が飲ませてくれたワインのせいで頭がぼんやりする。そういえばお兄様はどこ？　わたし、いつの間に眠ってしまったのかしら？

重たい瞼をこじ開ける。と、ここは星明かりがうっすらと差し込む寝室だとわかった。風にはためいて陰影を描くカーテン。

その向こうに、窓を乗り越えて入ってくる人影が見える。不思議と怖くはなかった。その輪郭だけで、誰なのか何となくわかったから。

人影がこちらを向く。半身が月明かりに照らされて、ゾーイは確信する。

「殿下……」

呼び声とともに、ほっとした吐息が唇から零れた。

「今なら、昔のように名前を呼んでくれるかい？」

優しい声音に誘われて、ゾーイは夢見心地でその声に応えた。

「アーニー……」

これは夢ね。だって、窓を閉め忘れたその日に、もう来なくなっていた王太子殿下が偶然訪れるなんてありえないもの。

王太子は音もなく枕元までやってきて、ゾーイの頬にそっと触れた。

「ど……してここへ……？」

「君が苦しんでいると聞いてね。居ても立っても居られず駆け付けたんだよ」

昔のように思いやりがあって優しい。やっぱり夢だわ。

「行こう」

「どこへ……？」

「君を苦しめたりがんじがらめにしたりする者のいないところへ」

なんて魅力的な提案だろう。もう一声あれば完璧だ。

「アーニーも一緒？」

「もちろん。ずっと一緒だよ。——さあおいで」

抱き起こそうとする王太子の首にしがみつく。やけにリアルと思ったけれど、すぐにそんなことは忘れた。

だって。ふわふわふわふわ。こんな心地、夢ではありえない。

また瞼が重たくなってくる。

「眠っておいで。その間に連れていくから」

その言葉に安心して、ゾーイは再び深い眠りに落ちていった。

＊　＊　＊

ゾーイの寝室の暗闇の中から姿を現したドミニクは、開け放たれた窓へと向かった。

知りたかったことは、あっけなくわかった。起きているときはあんなに王太子を拒絶していた妹が、自ら王太子の腕の中に収まって、星明かりの差し込む窓の外へ消えたから。

ゾーイに何かあれば連絡を。

常日頃そう王太子から命じられている。今回のこともそれに該当すると判断し、ゾーイの話を聞いたあと、こっそり屋敷を抜け出して王太子のもとへ向かった。

報告を聞いた王太子は、ドミニクにこう言ってきた。

――お願いだ。ゾーイの本心が知りたい。ゾーイが心底私を嫌い、その男と結婚したいというのなら、私は彼女を諦めるから。

いつもは自信満々の〝主〟。その〝お願い〟を聞いてしまったのは、彼が初めて見せる気弱な様子に絆されただけじゃない。兄であるドミニクの目から見ても、ゾーイが王太子を恋い慕っているとわかるからだ。

気付いている人はほとんどいないだろうが、ゾーイには社交の場で他人の目が自分から逸れたと思った瞬間、辺りを見回す癖がある。それは決まって王太子が側にいないときで、彼が視界に入った瞬間ぱっと目を逸らし、気付いていないふりをする。意識してるのがバレバレだ。

ゾーイの本心が聞きたいのは、ドミニクも同じだった。閉じ込められて育ち、外に出れば差別に傷付けられてきた愛する妹。ゾーイにはこの先幸せになってほしい。

そのために、ゾーイが何を望んでいるか知りたい。

王太子の頼みを聞くのは簡単だ。ゾーイに酒を飲ませればいい。寝落ちするほど飲ませると、その酔いが醒めるまで自身を晒け出す。姑息にも、前祝いと称していつもより少し強めで口当たりの良いワインを飲ませると、ゾーイは酔って眠りに落ちた。

ゾーイをベッドに寝かせて一旦部屋から出たとき、父から良からぬ話を聞かされた。

――ドゥーマン男爵家に探りを入れる前に、あちらから当主が急ぎやってきた。

何の用件だったかと問えば「息子とゾーイの縁談を格上のマーシャル伯爵家のほうから断ってほしい」との申し入れだったそうだ。

曰く、突然留学から帰国した息子の様子がおかしい。どんなふうにとは話せないが、とにかくあんな息子にマーシャル伯爵家のご令嬢を娶《めあわ》せるのは申し訳ない。息子に何があったのか今調べているので、ゾーイが強く望んだとしても、せめて保留にしておいてほしい、とのことだった。

父は、調査のための人手を貸し出したという。ドゥーマン男爵の誠意に感謝し、どんな事実が出てこようとも、男爵の意見を聞かずにそれを公にしたり何らかの行動に出たりはしないと約束もしたそうだ。

留学から帰国した息子の様子がおかしいと聞いただけで、ドミニクは〝あるもの〟を思い出した。その想像が間違いでなければ、意地でもスティーブと結婚するつもりだった妹を、王太子に預けたのは正解だったかもしれない。

だからといって、酒に酔いまともな判断ができない妹を殿下に託したのは正しいと？

王太子はドミニクに頼み事をする際、こうも言っていた。

――ゾーイにもし私を受け入れる意思が見られたら、私はもう待たない。ゾーイを悪意に満ちた奴らから隔離し守る。

そうして王太子は、彼に抱き着いたゾーイを連れ去ってしまった。

開け放たれた窓の外には、星明かりにぼんやりと照らされた幻想的な庭が広がるばかり。

「愛する妹にあんなことをした私は、殿下のように狂っているのかもしれないね……」

自嘲的にそう言いながらも、ゾーイの行方を追おうとする素振りは一切なく、ドミニクは静かに窓を閉めて鍵をかけた。

＊　＊　＊

ふわふわふわふわ。

これは夢の続きね？

もう風は感じない。温かくて柔らかなものに身体が受け止められている。

ぐらり、と身体が揺れた。ゾーイの身体を支えている何かが揺れたためだ。

うっすらと目を開けると、王太子が覆い被さってくるところだった。

頬に手を添えられ、唇を親指ですっとなぞられ、ゾーイの身体は震える。

唇がやけに敏感になってもどかしい。どうにかすべく無意識に唇に触れようとしたゾーイの指を、王太子は大きな手のひらでそっと遮った。

「私がいるのに、自分で何とかしようとするなんてズルいな」

え？　ズルいかしら……？

戸惑ったものの、美しい顔に浮かんだ慈愛の笑みにぽーっとなって我を失う。その顔がゆっくりと近付いてきて唇と唇が重なると、ゾーイはうっとりと目を閉じた。

ゾーイの唇を、彼は柔らかく温かな唇で啄む。疼きは収まり、甘い感触に唇が蕩けそうになった。

ああ素敵。夢みたい。

いや、真実夢なのだろう。四六時中我が家を守っている者たちが寝室からゾーイが連れ出されるのを止めないわけがないし、室内で王太子と二人きりになるなんてありえない。

キスする前に見えたのは、光沢のある緑のカーテンの下がった天蓋。背中に感じている温かくて柔らかいものは多分ベッド。

そこまで考えたところで、ゾーイは羞恥に見舞われた。

こんな夢を見るなんて、わたし欲求不満だったの？

キスだけならまだしも、ベッドに横になってキスを受けるなんて。

一緒にベッドへ上がった男女が何をするか、ゾーイだって知らないわけじゃない。夫婦が閨ですることは一通り教えられているし、おませな〝友人〟たちが結婚した女性たちからそういった話を聞き出しているのを耳にしたこともある。

今はまだキスをしているだけでも、場所がベッドの上となるとその先があることを期待してしまい胸が高鳴る。

わたし、殿下とこういうことをしたかったのね。

表面上拒んでいても、本音では好きなのだから、親密になりたいという気持ちはある。けれどここまでいやらしい願望があったなんて思わず、恥ずかしくなって顔が火照った。

そんな自分に気付かれたくなかったのに、そううまくはいかなかったらしい。王太子は何かを察してキスをやめ、ゾーイと目を合わせてきた。

「どうかした？」

今思っていたことを話せるわけがない。うろたえて「えっと、その……」と呟いていると、王太子は優しく笑ってゾーイの頭を撫でた。

「これは夢だよ。だから何も考えないで、ゾーイがしたいことをしようよ。何がしたい？」

ああそうだわ。これは夢だった。こんな夢、二度と見られないかもしれない。だったら恥ずかしがって何もしないのはもったいない。

ゾーイは現実から目を逸らし、こんなことを言うのははしたないという倫理観に抗いながら、望みを口にした。

「キス、したい……」

王太子は、よくできましたと言いたげに笑みを深め、再び唇を重ねてくる。啄むだけでなく、舐められたり吸われたり。初めて知る技巧に驚きながらも、何度も与えられるキスに、ゾーイは夢見心地になった。

違うわ。これは本当の夢の中よ。

だからこそこういうことができる。現実であれば、側にいることも許されないのだから。

「もう何も考えなくていい。今この場にいる私のことだけを見るんだ」

いつになく頼もしい彼に心奪われ、ゾーイは我知らず頷く。

これは本当に夢なの？

時折そんな疑問が頭に浮かぶけれど、すぐに頭にかかった靄の中へと消えていく。

消えてもなおまた思い浮かぶのは、この夢がやたらとリアルだからだ。

彼に乞われて開いた唇に差し込まれた舌の熱さと巧みさ。

耳朶を舐め食む唇から漏れ聞こえる淫靡な水音。

頭を撫で、頬を撫で、首筋を撫でて、ささやかな胸の膨らみを包み込んだ手のひらから感じる気持ち良さと畏怖の念。

結婚した男女が子を成すためには必要なことだけれど、人前で話すのははしたないということは知っていた。

でも、夢の中だからだろうか。夫ではない人に触れられているという背徳感はあれど、はしたないとはちっとも思わなかった。未知の体験への怖れはあるものの、むしろ神聖で尊い行いのように感じた。

こんな夢を見ることは、もしかすると二度とないかもしれない。

だったら後悔しないように、自分を偽るのをやめよう。

ゾーイは心を決めると、胸の膨らみに手を置き耳の後ろに舌を這わせる王太子の背中に腕を回した。

王太子は弾かれたようにゾーイから顔を離す。ゾーイの顔を覗き込む彼の表情は驚愕に染まっている。何でもそつなくこなし、人を驚かせることはあっても自身は驚かなかった彼の、貴重な一面だ。

夢だけど、いいものが見られたわ。

ふふっと小さく笑い声を漏らし、ゾーイは目を細めて告げた。現実では決して許されない、でもずっとずっと言いたかったことを。

「殿下。わたし本当は殿下のことが大好きなんです。――愛しています」

王太子は見開いていた目を更に大きく開き、それからくしゃっと泣きそうに顔を歪めた。

「私もだよ。ゾーイ、大好きだ。愛してる――」

彼の顔が下りてきて、唇がまた重なった。


首に何かが巻き付くのを感じて、ふっと意識が戻る。

わたし、眠っちゃってたの？　夢の中で？

アーノルドの唇がぴったりとゾーイの口を塞ぎ、口の中を彼の舌がなぞるように動く。

驚いて身体を強張らせたけれど、気持ち良くてさほど経たずに身体はほぐれていった。

こういうキスがあることは令嬢たちの卑猥な内緒話で知っていたけれど、まさか自分がそれをされることになるとは。とはいえこれは夢。もしかすると、無意識に興味があったのかも。思いも寄らなかった気持ち良さに、ゾーイはしばし酔いしれる。

そのキスの最中、王太子の指がゾーイの首に巻き付けられた何かの縁をなぞっていた。

首に何か着けていた覚えはない。ゾーイはキスの合間に、霞がかった意識の中から問いかける。

「首に、何か……」

「チョーカーだよ。君への贈り物。――うん、似合ってる」

王太子は身体を起こして離れたところからゾーイを眺め、満足そうに頷く。ゾーイは両腕で胸を隠し、恥じらいと嬉しさに頬を赤らめた。

また意識が飛んだようだ。

「ああ……ゾーイ、好きだ。愛してる……」

繰り返される甘い言葉とともに、ゾーイは彼の手と口で全身至る所を愛されている。

恥ずかしくて、でも気持ち良くて幸せで。

現実よりは曖昧で、夢よりは鮮明で。

「あっ……殿下、わたし……」

「『アーノルド』」

「え？」

「君に『殿下』なんて呼ばれるのは、もう嫌だよ。『アーノルド』って呼んで？」

少し甘えたような、淋しげな声音。ゾーイは胸を締め付けられるような思いがした。

自分だって、名前で呼びたい。でも、と躊躇ってすぐ思い出す。

そうだ。これは夢だったんだわ。

身分を気にする必要なんてない。だから許される。恋人のように名を呼ぶことを。

「アーノルド……」

彼が――アーノルドが満面の笑みを浮かべた。

「ゾーイ、嬉しい……」

彼は、横たわったゾーイを腕で挟み込むように抱き締めてくる。顔が近付いてきて見えなくなる直前、目尻に滲んだ涙が見えた。

こんなに喜んでもらえるなんて……。

嬉しくて胸がいっぱいになる。

「アーノルド……」

「ゾーイ……」

「アーノルド……」

「なあに？　ゾーイ……」

「アーノルドって、前からそう呼びたかったの……」

甘えの色が深まる呼び声。ゾーイは重怠い腕を持ち上げてアーノルドの身体に巻き付ける。はっきりわかるくらい彼の身体が震える。アーノルドはゾーイの顔を覗き込んで、この上なく幸せそうに微笑んだ。

「嬉しさのあまり、天にも昇りそうな気持ちだよ……」

唇が下りてきて、ゾーイは再び口付けされる。今回は最初から深く受け入れることができた。舌を絡め合い、顔の角度を変えつつ何度も、何度も。

そうしているうちに、また意識が沈んでいく。

次に意識が浮上したとき、両足を大きく開かれ、秘めるべき場所にアーノルドの舌が這わされていた。

「あっ……いやぁ……そんな……」

ゾーイは弱々しく抵抗の声を上げる。

でも、夢の中のアーノルドは「きっと気に入るよ」と言ってやめてくれない。

事実、ゾーイの口からはすぐに抵抗の言葉が出てこなくなった。

キスや胸への愛撫よりずっと大きな快感が、背筋を走り脳天を貫く。

夢とは思えない強烈な感覚だった。

足の間の淡い茂みの奥を舐め上げられる度に、身体がびくんと跳ねる。時折かかる熱い吐息に肌が戦慄く。あまりに気持ち良くて、ゾーイはすぐに羞恥を忘れた。

月の物が流れ出る場所にはいつの間にか彼の指が入り込み、ぐちゅぐちゅと音を立てて中を掻き回している。指が引き抜かれ、戻される度に、本数が増やされているような気がする。もう何本彼の指がゾーイの中に入っているかわからない。

アーノルドの太くて長い指がそんなに入るほどの隙間が、自分の胎内にあることを今まで知らなかった。その指を胎内できゅっと締めると、新たな快感が生まれることも。

水音が大きくなるにつれ、身体の中心で膨れ上がる快感。たまらず捩った身体を、逞しい身体と力強い手で押さえ付けられるのも、また快感だった。

頭を左右に振ったり身悶えたりしながら、ゾーイは息も絶え絶えに訴える。

「あっ……やっ……おかしく、なりそう……っ」

こんな自分を止めてほしいと思うのに、アーノルドは逆にゾーイを煽り立てる。

「いいよ、もっとおかしくなっていい。思う存分乱れて気持ち良くなって」

言い終えると、彼は再び茂みの奥に口付ける。空気に晒されるほどぱっくり割れたその場所は、遮るものもなく彼の唇を受け入れた。その場所をじゅっと吸われ、ゾーイの身体はこれまでにないくらい大きく跳ねる。

「あぁぁっ！　やぁっ！　んっ、ふっ、はぁっ、あっ、あっ」

吸われ、嬲られ、転がされ、四肢には力が入り、きつく閉じた瞼の裏には閃光が何度も走る。咥え込まされたままの彼の指をゾーイの胎内が食い締め、ますますゾーイを追い込んでいく。

「ああゾーイ……気持ちいいんだね？　蜜壺から蜜がどんどん溢れてくるよ」

「あっ……恥ずかしいこと、言わないで……ッ、あっあぁん……！」

意外に柔らかいアーノルドのプラチナブロンドに細い指を差し入れ、頭皮に爪を立てる。

追い込まれているのはゾーイなのに、アーノルドも息を切らしていた。

「ね……もういいかな？　君の中に入りたい……君が欲しいよ……」

「わたしもアーノルドが欲しい……お願い、あなたをちょうだい……」

　これは夢。だからこんな恥ずかしいことだって言えてしまう。

　顔を上げたアーノルドは、幸せそうに微笑んだ。しかしそのアクアマリンの瞳には、獰猛な獣のようなぎらつく光が宿っている。そんな瞳にも、今のゾーイはきゅんと胸を高鳴らせる。

「行くよ」

「来て」

　ゾーイは大胆に両腕を伸ばし、近付いてきたアーノルドの身体を抱き締める。

　お尻を持ち上げられると、足先が宙を掻く。それに気付いたアーノルドが自身の身体にゾーイのほっそりした足を巻き付けさせた。

　彼の愛撫で柔らかくほぐれた場所に、灼熱の塊が押し付けられる。熱い、と思った瞬間、耐え難い圧迫を伴ってそれは侵入してきた。

　痛みにも近いそれに、ゾーイの思考にかかっていた靄が少しずつ晴れてくる。

　夢にしては、何かがおかしい。

「ゾーイ。痛むと思うけど我慢して」

　耳元でリアルに聞こえてくる王太子の苦しそうな声、荒い息遣い。

　ちょっと待って。

そう思った次の瞬間、身体の中で何かが突き破られる感覚がした。

「痛――！」

あまりの痛みに、ゾーイは悲鳴を上げる。痛みから逃れようと、足をばたつかせ、伸しかかる熱い身体の下から抜け出ようとした。しかし、自分より逞しい身体は押し退けることなど叶わず、抵抗を封じ込められてしまう。

「痛い！　やめて！」

「暴れるともっと痛いぞ！」

叱咤の声に、びくっと身をすくませる。それで覚醒した。

これは夢なんかじゃない。――現実だ。

ざっと音を立てて血が引いたような思いだった。

「い、嫌……」

真っ青になってがたがた震え出した。アーノルドはそんなゾーイにまるで気付いていないように甘く話しかける。

「怒鳴ってごめん。でもあまり動かれると、余計傷付けてしまいそうだったんだ。君に痛い思いをさせてすまないとは思うけれど、私は幸せでいっぱいだよ。ゾーイ、ようやく君と一つになれた」

ゾーイの耳に、アーノルドの睦言は届いていなかった。怖ろしさが込み上げてきて、震

える声で呟く。

「殿下……何てことを……」

このとき脳裏に浮かんでいたのは、あの紙の包みだった。ボース公爵の侮辱が現実のものとなってしまった。それから無理矢理堕胎を迫られる自分や、生まれたばかりの我が子の亡骸を抱いて号泣する自分の姿が思い浮かぶ。そして、王太子の血を引くのに、婚外子となったばかりに『許されざる子』という烙印を押され、ゾーイの血が混じることで『卑しい子』と蔑まれる、顔も知らぬ我が子の姿が。

「ごめん。もう我慢できない」

その声に、ゾーイは物思いから覚めた。アーノルドに胎内を突き上げられ、鋭い痛みに息を呑む。それでも言わなければならないことがある。ゾーイは息を呑む合間に訴えた。

「殿下！　離れてください！　――――！　今ならまだ間に合うかもっ――――！」

子を成してはならない。自分より過酷な生を受けることになるだろう我が子をもうけてはならない。その思いがゾーイを必死にさせる。動けば酷くなる痛みをこらえながら身を捩り、アーノルドの下から這い出ようとする。

そんなゾーイをアーノルドは押さえ付け、状況にそぐわぬ猫撫で声で尋ねた。

「何が間に合うって？」

羞恥で頭に血が上りくらくらしながらも、恥をかなぐり捨ててゾーイは訴える。

「殿下はご自分の御子を不幸にするおつもりですか!?」

「どうして不幸になると思うの？」

「殿下の御子であっても、わたしの血が入れば差別を受けます……！」

ゾーイは必死に訴えたのに、アーノルドは取り合ってくれない。それどころかうっとりと微笑んで、ゾーイの頬を撫でる。

「ゾーイが何を心配して、どんなことを不安に思っているかは知っている。君の心配も不安も全部消してあげるから。だからゾーイ、君は安心して私の腕の中にいればいいんだ。――私には、ゾーイを手放すという選択肢はない」

アーノルドは言い終えるなり、再び腰を動かし始めた。先程のような酷い痛みに襲われるのではと身をすくめたが、思っていたほど痛くはなかった。微かではあるものの、快感さえ覚える。痛みに怯えるゾーイはその快感に縋った。

しばらくの間激しい律動に身体を揺さぶられていたかと思うと、アーノルドはゾーイの中を一際強く突き上げて、唐突に動かなくなる。

ゾーイを力いっぱい抱き締める彼の雄芯が、ゾーイの中で跳ねる。その動きに合わせて胎内に自分のものではない熱が広がっていくのを感じ、ゾーイは絶望した。

五章

八月の最終日。社交界の終了を告げる王家主催の舞踏会にて、王太子アーノルド・セントヴィアー・ベルクニーロとマーシャル伯爵令嬢ゾーイ・ハンセルの婚約が発表された。

舞踏会の開始を宣言した国王が、続けて二人の婚約と、そして結婚式が速やかに行われることを直々に言い渡した。

会場が騒然となる中、国王は体調不良を理由に退場。王妃も国王に付き添って舞踏会会場から去る。一部貴族たちの反対の声は、アーノルドに集中した。

「どうかお考え直しください！」

「卑しい血を王家に入れるなどとんでもない！」

会場にいたマーシャル伯爵ジェローム・ハンセルもまた、会場の隅で非難の声を浴びせられていた。

「辞退されるのが賢明ですぞ」

「王家の尊い血を異国の卑しい血で穢すおつもりか!?」

ジェロームは驕りも卑下もなく淡々と答える。

「王太子殿下のご命令とあらば、我々は否やは申せません」

こう言われると、下位はもちろん同位の貴族とて何も言えない。引き下がる彼らに代わって、侯爵位の貴族がジェロームの前に出てきた。

「それは詭弁だろう。〝財務大臣家〟ともなれば、お耳をお貸しいただけるのでは?」

〝財務大臣家〟とは、定着した呼び名ではない。王家の傍流であり古くから代々地位を受け継ぐ宰相家や元帥家とは違う、妬みややっかみからつけられたあだ名だ。普段であれば聞き流すのだが、このときは違った。

「そうですね。我がマーシャル伯爵家の言であれば、殿下も多少はお聞きくださると思います。ですが、先日から流れる娘の噂には、さすがの私も腹に据えかねておりまして」

自分の家の優位をあっさり肯定したかと思うと、淡々と怒りを口にする。

かつてマーシャル伯爵夫人が心を病んだときも、ジェロームはこのように怒りを口にした。そのときの騒ぎと結末を思い出し、侯爵は生唾を呑み下す。

現マーシャル伯爵夫人が貴族の夫人たちに虐げられ脅迫を受けて病んだ際、幾つかの貴族家が援助金を打ち切られた。その際には他の貴族たちも抗議をしたが、マーシャル伯爵は平然とこう言い放ったという。

――正直献上については疑問を抱いているのです。何故我が家だけがこのような負担を強いられなければならないのかと。

マーシャル伯爵家が献上をやめれば、援助金の資金源は失われる。マーシャル伯爵家から財産を没収しろという意見も出たが、それで得られる資金は一時だけのもの。しかもベルクニーロ以外の多くの国々の王族とも親交の深いマーシャル伯爵家に手を出せば、周辺各国からどのような報復を受けるかわからない。

大きな資金源を欠いた上に各国から攻められれば、ベルクニーロはおしまいだということは、大半のベルクニーロ貴族たちもさすがに理解していた。そのため、マーシャル伯爵家に害をなそうとした家々に釘を刺し、それでも聞き分けない貴族たちは排除するということで事を収めたのだ。

ジェロームに嫌味を言った侯爵のみならず、今のやり取りを聞いていた貴族は皆、当時の騒動を思い出して身震いした。普段は〝元平民〟と蔑んでいても、マーシャル伯爵家を敵にすればどれほどの脅威になるか、皆骨身に染みてわかっているのだ。

「あの噂は確かに酷かった。マーシャル伯爵に同情いたします」

「まったく同感です」

ジェロームとゾーイに同情する声が、その場から広まっていく。

が、その声が大広間全体に広まり切ることはなく、アーノルドとその背後に控えるドミニクの周囲では、別の舌戦が繰り広げられた。

考え直すよう進言するためアーノルドを取り囲んでいた者たちは、ボース公爵が近付いてくるのに気付いて場所を空けた。目の前に立ったボース公爵は、彼よりいくばくか背が高いことを利用して、アーノルドをじろりと見下ろす。

「大事な婚約発表の場に、当事者がお二人揃っていないとはどういうことですかな？」

「ゾーイは離宮で保護しているよ。悪意ある噂に傷付けられて見ていられなかったからね」

「傷付けられるからといって公の場に出てこないようでは、殿下の妃が務まるかどうか……。そもそも、マーシャル伯爵令嬢の自業自得ではありませんかな？　都合の悪い噂が流れるというのは」

「〝都合の悪い噂〟とはよく言う。噂の種を作ったのはボース公爵、そなたではないか。そなたが〝紙の包み〟をゾーイに投げつけたと聞いている」

「その証言とは、マーシャル伯爵令嬢本人から出たものですかな？　いやはや、何とも疑わしい証言ですな」

「もちろん当人からも聞いているが――ジアウッド公爵」

アーノルドが声をかけると、ジアウッド公爵が前に進み出てくる。

「証言を」

「——見ていたわけではないということだけ、先に明言させていただきます。ただ、先日の舞踏会にて人いきれに疲れ会場を出たところ、偶然不穏な話し声が聞こえてきたのでございます。『おまえは持っていたほうが良かろう。間違っても、卑しい血を持つ王家の子を産もうなどと考えるな』という声が。声がしたほうに急ぎ向かうと、その場にはボース公爵とゾーイ嬢がおられて、お二人の間に白い紙の包みが落ちていました」

理解力に乏しくなければ、その包みの中身は何か、元々所持していたのは誰か、察することは容易い。

貴族たちがざわついた。ボース公爵は怒りに顔を赤くして、恥をかかせたジアウッド公爵を睨み付ける。

「——ッ！　そなた……！」

ボース公爵の激昂を気に留めず、ジアウッド公爵は淡々と語った。

「マーシャル伯爵のみならず、王太子殿下からもゾーイ嬢を庇ったことへのご丁寧なお礼をいただき、公での証言を求められては、さすがにお断りすることなどできません。ただ、聞いていただけの私の証言は、いささか不完全と申し上げるしかありませんが」

歯ぎしりをしながらジアウッド公爵の話を聞いたあと、ボース公爵は何かに気付いたようにせせら笑った。

「私が投げつけたというその包みの中身が、噂になっている薬と同じものとは限らないではないですか。それで私のことを犯人扱いするのは早計に過ぎませぬか？　そもそも、私は誓って噂を流してはいません。責められるべきは噂を流した人物であり、そうした噂を流されても仕方がない振る舞いをした人物だと思――」

「黙れ。自身の卑劣な行いを、他人の振る舞いで隠そうとするな」

アーノルドの鋭い声に、ボース公爵は怯んで途中で言葉を切る。周囲の者たちが殺気に気付いて後退る中、アーノルドは憎悪の視線を周囲に巡らせながら糾弾した。

「大の大人たちが噂の真偽を確かめもせずに、まだ十代の娘一人を寄ってたかって責め立てるとは嘆かわしい。もう少し思慮深くなれないのか？　ゾーイを知っていればわかるはずだ。彼女のどこがふしだらなあばずれであったと？　常に令嬢たちに囲まれ、浮ついた誘いには応じず、国のためと信じ私の求愛も拒んでいた彼女のどこに落ち度があったと？」

貴族たちの何人かが、後ろめたそうにアーノルドから視線を外す。噂に追従したものの、事実を判断できる目を持っている者たちだろう。ゾーイの人柄を考えれば彼女が男遊びをするような人物ではないことはすぐわかる。

「非難されるべきは、むしろ私ではないのか!?　彼女に避けられているとわかっていながらしつこく追い回した私こそが！　それなのに多くの者が私ではなくゾーイを貶める！　だから私は責任を取ることにしたのだ。ゾーイと結婚し、損なわれた彼女の名誉を回復することでね」

「屁理屈だ！」

ボース公爵がすかさず叫んだ。

「あの卑しい血を持つあばずれ女と結婚したいからそのように仰っているのでしょう!?」

アーノルドはおどけて肩をすくめた。

「ゾーイへの侮辱は許しがたいが、他についてはその通り、と言わざるを得ないな。――だが」

言葉を切った瞬間、アーノルドの雰囲気ががらりと変わる。他者を従わせる王者の威容へと。咄嗟にかしこまった貴族たちを、厳然たる目で見下ろした。

「あそこまで悪意の籠もった噂を広められなければ、私もここまで強引な手段には出なかった。私の決断の原因は、悪意ある噂を無責任に口にした者、その噂を広めて回った者、そしてその噂が流れる原因を作った者にあるのだと思い知れ。そして私とゾーイの婚約は、国王陛下が承認なされた決定事項であることをゆめゆめ忘れるな」

これ以上異を唱えるなら国王に直々に抗議しろという意味だ。それでもボース公爵は何か言いたげだったが、それをジアウッド公爵が視線で抑える。

アーノルドは満足げな笑みを浮かべ、舞踏会の開始を改めて告げた。

＊＊＊

青空しか見えない窓辺から、爽やかな風が入ってくる。

九月に入った頃から急に暑さが和らぎ、秋めいて感じられるようになった。こんなお天気の日に散歩に出掛けられたら、どんなに気分がいいだろう。

しかし、ゾーイは部屋の奥で、爽やかさとは無縁の行為を強いられていた。

「ん……くぅん」

「ふふっ、可愛い。声をもっと聞かせてほしいけど、我慢し切れず漏らす声もイイよね」

優しい声をかけながら、アーノルドはゾーイを容赦なく弄ぶ。

上等な寝具の敷かれた、広くて豪奢なベッド。天蓋には神々しい宗教画。それを支えるのは凝った彫刻が施され飴色に磨かれた四柱。ヘッドボードには金銀宝石の象嵌《ぞうがん》がなされている。

伯爵の娘であるゾーイでさえ触れるのも躊躇うヘッドボードに、アーノルドは大きな枕を立てかけ、それを背もたれにして深く座っていた。そして後ろ向きのゾーイを腰の上で跨るように座らせ、背後からその身体に手を回している。

一方の手は胸の膨らみに。もう一方の手は自身の剛直を受け入れている付近をさまよっていた。ぱっくり割れた双丘を撫で回したり、その中心にある敏感な肉芽を摘まんだりする。せめてもの抵抗に声を噛み殺そうと思うのだけれど、目を覚ます度に苦しいほどの快楽を与えられ、とっくに息も絶え絶えになっていた。

「んぁ……！」

溜まりに溜まった快感が弾け、ゾーイは背を反らしてびくびくと震える。ちゅぱちゅぱとゾーイの耳をしゃぶっていたアーノルドの口が、ほんの少し耳から離れて囁いた。

「またイッたね？　気持ち良かった？」

言葉でも嬲られると、そうすまいと必死に頑張っていた蜜壷が、きゅっと締まって彼の剛直に絡みつく。アーノルドは「くっ」と呻いてぶるりと身を震わせた。ゾーイの身体の奥底で剛直が跳ね、自分のものとは違う熱が広がっていった。

ああ、また出されてしまった……。

快楽に霞んだ脳裏で理解する。諦めから身体の自制が利かなくなると、跳ねる剛直に刺激されてまた小さな果てを見る。快楽を搾り取ろうとするように蠢く蜜壷の奥底から、じわりと愛液が染み出したのを感じた。蜜壷と剛直の間が、二人の粘液で満たされる。狭いその場所に、液体が留まれるわけがない。剛直を伝って外へと流れ出したそれにより、二人の股間はしとどに濡れて寝具まで汚していた。

アーノルドも達したはずなのに、新たに溢れ出た粘液を指ですくい、腫れ上がってじんじんとする肉芽に擦り付ける。かと思うと、胸の膨らみを弄んでいた手は秘所へ、秘所を

探っていた手は胸の膨らみへと入れ替える。ぬめりを帯びた指先で胸の蕾をくりくり弄られると、乾いた指先よりも刺激が強くて、達し続けているゾーイの身体に新たな快楽を送り込んでくる。

しかし体力が尽きているのに延々と達し続けられるわけもなく、糸が切れたようにゾーイの身体からがくんと力が抜けた。崩れ落ちるゾーイを、アーノルドが掻き抱くように受け止める。そしてまた、彼女の身体を嬲り始める。

果てたのちに落ち着きつつあった身体が、再び疼き始めた。アーノルドの手を押し退けたいけれど、彼の立てた膝にしがみつくので精一杯。彼の腰を跨いでいるので、足を閉じていやらしい場所を隠すこともできやしない。

ゾーイは弱々しく音を上げた。

「嫌ぁ……もうやめて……」

か細く憐れな声に、アーノルドが耳を貸す様子はない。

「嫌って言う割に、中がまだ物欲しそうにうねっているよ？　まあ、そんな天邪鬼なところも可愛いんだけれど」

ゾーイは羞恥に頬を染める。蜜壺が動いてしまっているのは認めるが、物欲しそうというのは誤解だ。

「そん、なことな――んぁ……っ、触らないで……！」

繋がってぴんと張った境目を指でなぞられ、ますます膨らんだ淫芽を指先でこねくり回されて、再び快楽の虜になっていく。

蠢く蜜壺が萎えかけた彼のものに絡みつくのを感じる。そんな自分の痴態に忸怩たる思いを抱いていると、彼の剛直が膨らみ硬さを取り戻していく。蜜壺もまた、質感を増す雄芯を握り締めて悦んでいる。疲れ果てたゾーイには、その歓喜を貪る自分を止められない。にもかかわらず、ゾーイは物足りなさを感じていた。

もっともっと刺激が欲しい。

決して口にはできない、口にしてはならない欲望が、頭の中でぐるぐる回る。

でも、アーノルドはこれ以上の快楽を滅多に与えてくれなかった。くれるのは、彼自身が我慢できずに腰を突き上げたときだけ。跳ねた身体が彼の上に落ちたとき、雄芯の切っ先が蜜壺の奥に突き刺さって強い快感を生む。

アーノルドがなかなか動かないのは、ひとえにゾーイを労わってのことだった。

純潔を散らされたあと、ゾーイは飲食を拒んで帰宅を要求した。そんなゾーイを、アーノルドは再びベッドへと追い詰めた。

――嫌です！　もうあんなことをするのは嫌！

――相変わらず柔らかいな。私の腕からするする逃げる。まるで猫みたいだ。

アーノルドはゾーイを捕まえておくことに苦労していたが、男と女、鍛え方も違うから、結果は火を見るよりも明らかだった。

疲れて抵抗力を失ったゾーイは、ついにベッドの上でアーノルドに組み敷かれてしまう。

アーノルドは乱れた夜着の隙間を歯で食い破るように広げ、露わになった白い肌に口付け舐めしゃぶった。彼は筋肉で引き締まった身体を重石代わりにしてゾーイの身動きを封じ、キスや愛撫で快楽を送り込む。するとますます彼女の抵抗する力は奪われていった。

ゾーイがすっかり脱力したのを見て取ると、アーノルドは彼女からすべての衣服をはぎ取って両足を大きく広げさせた。彼の悪戯っぽい指先が、暴かれてさほど経たない秘所に触れたそのとき。

――痛……ッ。

ゾーイが苦悶の声を上げた瞬間、アーノルドはぱっと指を引いた。

――ごめん、痛いよね。破瓜から間もないし、私に余裕がなくて無理をさせてしまったから。あまり痛い思いをさせないよう、工夫するよ。

――ここで、やめてくださるという、選択肢は、ないのですか……？

上がった息の合間に切れ切れに問えば、アーノルドは麗しい笑みを浮かべて「ないな」と答えた。

そこから更に時間をかけてゾーイの身体をくまなく愛撫し、快感に蜜壺までもが震えるようになったところで、アーノルドはようやく自身をその中に沈めた。

——私が動いたらきっと君に痛い思いをさせる。だからこのままでしよう。

そう言って愛撫を続け、ゾーイが達したときの蜜壺の動きだけでアーノルドも果てる。

そんな交わりをもう何日続けているだろうか。昼も夜もない生活に、ゾーイの時間感覚は狂いかけていた。かろうじてわかるのは、攫われたのは八月の末だから今は九月だろうということだけだ。

——気持ち良くしてあげたいんだ。いろんな体位を試すから、いいと思ったら教えて？

そう言いながら、ゾーイの意見を聞くことなく、アーノルドは彼女に様々な格好をさせる。うつ伏せにさせて臀部だけ高く持ち上げたり、抱き合うような格好で座ったり。

仰向けの状態から足を折りたたむようにして腰を高く持ち上げられたときには、繋がり合っている部分がよく見えて、あまりの淫靡さに痛みも疲労も忘れて暴れてしまった。そうした経緯を経て、今は後ろ向きに彼の上に乗せられ、何度も小さな果てを与えられている。

小さな果てでも気持ちいいけれど、それよりも強い刺激を知ってしまっているから、身体には満たされない欲求が溜まっていくばかり。

アーノルドが急に腰を突き上げた。「あ、しまった」という暢気な声とは対照的に、ゾーイの身体は飢えたように快楽を求める。アーノルドの腹に臀部を押し付け腰をくねらせてしまう。僅かな快感を堪能してすぐ我に返り、ゾーイは自分のしたことに愕然とする。

息もまともにできず身体を強張らせたゾーイを、彼は後ろからそっと抱き締めた。

「もう痛くないようだね。良かった。私もそろそろ限界だったんだ」

耳元で優しく囁いたかと思うと、ゾーイを性急にうつ伏せにした。繋がりを解かないまま驚くべき速さで彼女を仰向けにしたかと思うと、ほっそりとくびれた白い腰を摑み、引き締まった逞しい腰を勢い良く振り始める。

「きゃあ！　あ！　ああっ！　くぅ……っ、んっくっ、……んっ、んんっ……」

頭の中まで揺さぶられるような律動に、ゾーイは声も上げられなくなった。自分の腰を固定するアーノルドの強靭な手首に摑まって、懸命にその激しさに耐える。

そんな状況にありながらも、ようやく得られた刺激にゾーイの心も身体も歓喜していた。痛みもあったけれど、ほとんど気にならない。小さな果てを全部積み上げたより遥かに高く、快楽の頂点に向けて駆け上がっていく。

そして、瞼の裏に閃光が走った。

「あ――――――！」

快感が弾け飛び、ありったけの声を上げてゾーイは身体をがくがくと震わせる。媚肉は少しでも快楽を搾り取ろうと、アーノルドの剛直を締め上げる。

思う存分悦楽に浸ったのち、ゾーイはがくりと脱力した。

「はあ……はあ……はあ……」

走ってもこんなに息が上がったことはない。長く長く呼吸を止めたあとのように、懸命に息を吸う。それもようやく落ち着いてきた頃、ゾーイに覆い被さっていたアーノルドが身体を起こし、ゾーイの額に口付けた。

「もう痛くないね？　良かった。これで思う存分君を抱ける」

愉悦の籠もったこの言葉を耳にして、ゾーイは血の気が引く思いがする。

快楽に翻弄されていたとはいえ、自ら進んでアーノルドに抱かれてしまうなんて。

ショックも冷めやらないうちに、アーノルドが再び動き出す。我に返ったゾーイは、蜜壺に収まったままの彼が再び大きくなっていくのを感じてぎょっと目を瞠った。そんな彼女に、アーノルドはニコッと笑う。

「我慢するの大変だったよ。でも、せっかくゾーイが慣れたのにすぐに終わってしまうのは嫌だったんだ。しばらく付き合ってくれ」

「あっ、やぁ！　もう無理……！」

両腕を突っ張って拒もうとしたけれど、アーノルドは身体を起こしてしまい、伸ばした両腕は宙を掻く。アーノルドは先程と同じように律動を始め、ゾーイも先程のように耐えるしかなくなった。

それからというもの、アーノルドはますます遠慮がなくなった。昼夜を問わないだけでなく、疲れ切って寝入っているゾーイを揺り起こしてまで、己の欲望を満たそうとする。

そんなアーノルドに怒りを覚えるけれど、何よりも腹立たしいのは、快楽に負けてしまう自分自身だった。痛みを感じることがなくなってからというもの――いや、それよりも前から、アーノルドに触れられると身体が快楽への期待に疼いてくる。そんな自分に嫌気が差す。散々拒んでおきながらこの有様だなんて、恥ずかしくて言い訳もできない。

何日目、何度目になるかわからない交わりで達したゾーイは、すぐに絶頂からの硬直を解きベッドに沈んだ。疲れすぎて、指一本動かない。

ベッドから下りたアーノルドが、絞った布を持って戻ってきた。そして汗ばんだゾーイの肌を丁寧に拭う。湿った布が、ほのかに温かい。湯で絞ったのかもしれない。穏やかな気候ではあるものの、裸でいるとひんやりする。これが水だったら、寒さに震えていたことだろう。アーノルドも寒さを感じているのか、ガウンだけ羽織っている。

王太子に身体を拭かせていいとは思わないけれど、動けないのだから仕方ない。

指の先まで丁寧に拭われながら、ゾーイはかすれ声で尋ねる。

「……ご多忙の殿下が……こんなところに、いていいのですか……？」

「ゾーイが心配しなくても大丈夫。私だってたまにはまとまった休暇を取りたいしね」

まとまった休暇だなんて、そんな暇があるのだろうか？　ただでさえ激務の国王と王太子の務めを兼任しているのだ。アーノルドの腹心である兄だって、一か月もの間王都を空ける任務に就いている。

兄のことを考えたそのときになって、ゾーイはワインのことを思い出した。珍しく兄が食事時以外で勧めてくれたワイン。

兄はゾーイがお酒に酔うと寝てしまい、酔いが醒めるまで言動があやふやになることを知っている。まさか兄がアーノルドと結託してゾーイにこんなことを？　いや、そんなはずはない。自分を愛してくれている兄が、命じられたとしても自分を差し出すわけが……だったら何故、兄はゾーイにワインを飲ませたのか。偶然？　だとしたら出来すぎてる。

——彼に脅された？　兄が屈するような脅迫とは？

そうだ。父や兄はどうしているだろう。ゾーイを捜してくれている？　それとも犯人はアーノルドだと知っていて、抗議してくれているのだろうか。母には誤魔化しておいてくれているに違いない。ゾーイが誘拐されたなんて聞いたら、母のか弱い心にどれだけ負担がかかるか。

ぼんやり考え事をしていたら、アーノルドがゾーイの顔を覗き込んできた。

「逃げる算段？　君はまったく油断ならないね」

微笑んでいるけれど、瞳は獲物を狙うかのようにぎらついている。口の端がにぃっと吊り上がった。

「ただね。言っておくけれど逃げたって無駄だよ。——君と私の結婚が正式に決まった」

「——え？」

唐突な話にゾーイは目を瞠る。そんな彼女を見て、アーノルドは楽しげに肩を揺らした。

「私ことアーノルド・セントヴィアー・ベルクニーロと、君ことマーシャル伯爵令嬢ゾーイ・ハンセルとの結婚が、国王に承認されたということだ。〝心無い噂に傷付いた君を離宮で保護している〟。そのことはマーシャル伯爵家も了承済みだ」

「よ……よくもそんなでたらめを……」

怒りがゾーイに力を与えた。動かないと思っていた身体に力が入り、ベッドに肘をついてぐぐぐと起き上がる。

「わたしは噂なんかに傷付けられたりしないわ。それに、マーシャル伯爵家が了承済みだなんて信じない。お父様たちがわたしの意思も確かめずにこんなこと許すはずないもの」

ゾーイの底力に驚いた顔をしていたアーノルドは、睨み付けたゾーイに目を瞬かせると、妖しげな笑みを浮かべて顔を近付けてきた。

「君が信じようが信じまいが、すでに関係ないんだ。君は私と結婚し、王太子妃になる。ゆくゆくは王妃にね。これは決定事項だ」

ゾーイは何故だか怖ろしく感じ、ぞくっと身を震わせた。そんなゾーイに、アーノルドはふふっと笑うと、うっとりしたように目を細める。

「愛してるよ、ゾーイ。出会ったときからずっと」

「――からかうのはおよしください」

ゾーイの低められた声に、アーノルドは瞬きする。ゾーイは困惑する彼を冷ややかに睨み据えた。

「出会った頃のわたしは、まだ六歳だったじゃありませんか。六歳の子供を愛するだなんて、どう考えたって恋愛じゃありません」

「もちろん最初は恋愛の意味で好きだったわけじゃないさ」

「ほらごらんなさい！　わたしへの殿下の愛情なんて所詮そのようなものです！　大方興味本位で会いに来られて、変わった育ち方をしたわたしが面白いと感じられたのでしょう!?」

目を丸くしたアーノルドを見て、図星だと確信するとともに諦めの念が湧き上がる。

愛してるって言われて喜んじゃって馬鹿みたい。

悔しさと悲しさが入り乱れてやけくそになる。

ゾーイは唇の片端を吊り上げ、皮肉を口にした。

「わたしのことがそんなに憐れでしたか？　隠し切れない異国の血が見た目に色濃く現れたせいで、隠されて育てられたこのわたしが！」

最後は憤りも露わに叫べば、アーノルドは不快そうに眉をひそめる。嫌われたかもという思いに、ゾーイの胸は痛んだ。嫌われてこの場から放り出されてアーノルドとの繋がりが完全に切れてしまったら、自分が何日も悲嘆にくれるであろうことは容易に想像できた。

口ではアーノルドの愛情を疑ってかかるのに、心のどこかではその愛を信じたくなっている。自分勝手ではあるけれど、アーノルドがゾーイを傷付けようとしたことはないし、愛撫の手や口は時折意地悪でありながらも宝物を扱うかのように優しかった。

だが感傷に浸っている暇などない。すぐに気持ちを切り替え、アーノルドを睨み付ける。

「その顔。わたしのことが嫌いになりました？　でしたらどうぞわたしのことは捨て置いてお忘れになって？」

最後は嫌味っぽく笑ってみせる。

こんな女、さすがにアーノルドも嫌いになるはず。そうであってほしいと願いながら、嫌味な笑みを崩さないまま彼の反応を窺う。

表情を削ぎ落とした顔をしてしばらくゾーイを見つめていたアーノルドは、不意に立ち上がって、素肌にガウンをまとっただけの姿で隣の部屋へ向かう。

広い部屋とはいえ、ベッドから入り口までの距離は大してない。けれど、今のゾーイには途方もなく遠く感じられた。

あの扉に鍵がかけられている様子はないのに、あそこから出ていけるような気がしない。疲れ切っていてベッドから下りるのも一苦労だというのに、ゾーイがまとえるものは上掛けやシーツくらいしかない。近くには始終アーノルドがいる。思うように力の入らない身体では、逃げ出してもすぐ彼に捕まってしまうに決まっている。

窓にはめられた鉄格子に、ここは脱出不可能な檻だと嘲笑われているような気になる。

ふと、首元を思い出した。

触れれば、何かがぐるりと巻き付いている。ガラス窓を鏡代わりにすれば見られるかもしれないけれど、そこまでする気にはなれなかった。

「——どう考えたって首輪でしょ」

外そうとしたけれど、留め金がどうなっているかわからない。一秒でも早くこれから解放されたくて、ゾーイは首筋とそれの間に両手の指を差し込んで、力いっぱい引きちぎろうとする。

けれど、リボンやレースのような繊細な肌触りでありながら、それは酷く頑丈だった。引っ張っても捻り千切ろうとしてもびくともしない。力を込める度に、喉元を石のようなものが撫でる。

むきになっていると、いつの間にか戻っていたアーノルドに両手首を摑まれた。

「何をやっているんだ!?」

ゾーイは答えずに、アーノルドの手を振り払い、再び引っ張る。

「わかった！　外してあげるからちょっと待って！」

外してもらうのも不本意だけれど、仕方ない。両手を下ろし、不貞腐れてアーノルドに任せる。

「ああ……擦れて赤くなってる。無茶したな」

小さな金属音がしたかと思うと、首回りがすっとした。無意識に顔を上げれば、宝石とリボンのついた繊細で美しいチョーカーが、アーノルドの手の中にある。

「――君は本当に猫みたいだな」

最初の言葉は聞き取れなかったけれど、何となく「猫は首輪が嫌いだと聞いたことがあるが」とアーノルドが言った気がした。


アーノルドが隣室に行ったのは、手紙の束を取りに行くためだった。

「暇潰しに読んでもらおうと思って持ってきていたんだけれど、その様子からして読んでもらえそうにないからね。私が読み上げようと思うんだ」

「なっ、何をなさるんです!?」

いきなり組み敷かれて驚いたゾーイに、顔を近付けてアーノルドが妖しく囁いた。

「私がただ読み上げても、君は耳を塞いで聞いてくれそうにないからな。そういう抵抗ができないようにしてあげようと思って」

「嫌！　やめて……！」

抵抗は難なく封じられ、ゾーイはいとも簡単に快楽に巻き込まれた。心臓は早鐘を打ち、肌は火照ってほんのりと染まり、蜜壷は潤んだ。触れられた先に起こるであろうことを、身体は期待してしまっている。

そのことに気付いているアーノルドは、ゾーイの身体に伸しかかって抵抗を封じ、濡れ具合を確かめると、ほんの少し触れられただけで蕩けて力の入らなくなったゾーイの身体を押し広げていとも簡単に繋がった。ゾーイを絶頂へ押し上げつつ自身も欲を吐き出して、あろうことか繋がったまま手紙を読み聞かせ始める。

「『親愛なるゾーイへ　今回こそ手紙を読んでくれるだろうか。封も切られず戻ってくる手紙を見る度、悲しくて泣きそうになるよ。しばらく会いに行かないことを怒っているのかい？　詳しい話ができなくてごめん。ドミニクもなかなか家に帰れないでいるように、私も手の放せない案件のせいで身動きが取れない状況なんだ。……』」

アーノルドは、手紙を読み上げながら、時折腰を動かした。ぐるりと回したり突いてきたり。ゾーイの愛液とアーノルドの子種とでぬかるんだ蜜壺の内壁を、硬さを取り戻しつつある彼の熱塊で抉り、果てて冷め切った身体に再び熱を送り込んでくる。

「『……ゾーイ、どうして私と会ってくれないんだい？　まだ怒っている？　怒っているなら、どうか私に謝罪の機会を与えてほしい。……』。――今君の中がきゅっと締まったね？　この手紙のどこに感じてくれたのかな？　ああ……私も我慢できなくなってきた」

アーノルドの興奮が、大きく硬くなっていく熱塊から嫌というほど伝わってくる。違う。本当に嫌なのは、蜜壺の中を圧迫してくるそれに刺激され、昂ってしまう自分だ。読み上げられた手紙の中の切ない恋情に、胸がきゅんとして欲情するなんて信じられない。

アーノルドが手放した手紙が、ひらひらとベッドの下へ落ちていく。それを見届けることなく、彼はゾーイを組み敷き直し、本格的な律動を始めた。それと同時に胸を舐めしゃぶられ、耳裏や首筋、脇腹や股の内側など、感じる場所に手を這わされ、あっという間に快楽でもみくちゃにされる。

「あぁ……！　ダメっ……ダメ……ッ！」

「ゾーイッ、愛してる！　一緒にイこう……！」

「あぁぁ――――！」

甲高い声を上げて強張った身体をびくびくと震わせていると、アーノルドはゾーイを抱き締めて、奥深くに欲望を撒き散らす。

ゾーイの息が整わぬうちに力を取り戻したアーノルドは、もう一通封を切って、中の手紙を読み始めた。

「『……この間の手紙も読んでくれなかったね。報復したことも伝えられないのでは、私はどうしたら君の心を取り戻せるかわからないよ』。あれ？　手紙が抜けてる？　適当に保管していたから、順序が入れ替わっているのか。まあいいや。読んでいくうちに出てくるだろう。『やっぱり血統主義者たちを叩き潰さなくちゃ駄目かな？　いや、叩き潰したくないわけじゃないんだ。君を傷付け苦しめているのは血統主義者たちだから、機会を見て何らかの報復をしたいと思っている。ただ、どんな報復がいいか迷っていてね。ゾーイ、君はどんな報復を望んでいる？』」

「殿っ下……！　わたしっ、報復など望んでいません――っ」

喘ぎながら訴えたゾーイに、アーノルドは愉悦に浸った笑みを浮かべる。

「優しい君は以前そう言ったよね。だから私も考えを改めたよ」

ほっとするゾーイに、アーノルドは次の言葉で冷や水を浴びせる。

「君のためじゃない。これは私の報復なんだ。君と過ごすはずだった幸せな時間を奪った奴らを、私は決して許さない」

視線を合わせてそう告げたアーノルドの瞳に宿る憎悪の炎と、爆発しそうな怒りを閉じ込めた氷のように凍える声。ゾーイは恐れ戦き一言も発せない。目も逸らしたかったけれど、アーノルドはそれを許してくれなかった。優しく頬を挟む両手に、ゾーイは得体の知れない恐怖を覚える。顔を背けることはおろか目を閉じることさえできない。

アーノルドは瞳に憎悪を宿したまま、ゾーイに甘く微笑みかけた。

「君は今だって奴らの思う壺に嵌まったままで、私を拒もうとしている。そうして私たちの間に不和の種を落として苦しめておいて、今このときも慣例だけを理由に国やマーシャル伯爵家から手に入れた富で贅沢をしている奴らがいるかと思うと、はらわたが煮えくり返ってどうにかなってしまいそうなんだ」

言い終えるが早いか、アーノルドは腰をゆるゆると動かし始める。

「腹が立ったらまた勃ってきた。責任取って付き合ってもらうよ」

ゾーイの身体は今の話で冷えてしまったのに、待ってとも言えずにアーノルドの欲望に晒される。激しい律動はゾーイの負担にはならず、むしろ冷えた身体に火を灯し、快楽の階《きざはし》を上る助けとなった。

やすやすと快楽に呑まれる自分を恥じながら、ゾーイは霞む意識の中で思う。

アーノルドの言う通り、我が家からの恩恵に与りながらも、我が家を蔑む貴族たちは酷いと思う。けれど、彼ら貴族という支持者がいなければ、王権を保てないのも事実だ。ジアウッド公爵も言っていたように、国は国王一人で統治しているのではない。国王に忠誠を誓う貴族たちが手足となり、国政を支えるからこそ成り立っている。

血統主義者はその貴族たちの大半を占める。彼らに反旗を翻されれば、アーノルドといえどただでは済まないはずだ。

ひやりとしたものが背筋を走ったそのとき、顎をくいっと持ち上げられる。

「また余計な心配をしているのか？　君の心配も不安も全部消してあげると言っただろう？　そのための計画は順調に進んでいるよ」

快楽に緩んだ顔を情欲に滾ったアクアマリンの瞳で覗き込まれ、ゾーイは懸命に表情を引き締める。

「それはどんな計画なんですか？」

秘所の疼きに耐えながら問えば、アーノルドは動くのをやめて汗の伝う顔に疚《やま》しそうな笑みを浮かべた。

「……うーん、今それを言うとゾーイに怒られそうだな」

「そう思うならやめてください！」

ゾーイはすかさず言い返し、アーノルドの下から逃れようともがく。散々抱かれて疲れ切った身体に力を入れ、両肘両足を使ってシーツを掻いて、じりじりとずり上がる。

動く度に中にまだいる彼のものを食い締めてしまうけれど構わない。繰り返される締め付けに顔をしかめていたアーノルドは、自身がずるりと抜け始めたタイミングでゾーイの腰を引き寄せた。その勢いで彼のものがゾーイの蜜壺の奥深くに突き刺さる。手紙が読み上げられる間散々焦らされていた身体は、待ち望んでいた強い刺激に歓喜した。

「あぁんっ！」

身体をしならせるのと同時に、ゾーイは嬌声を迸らせる。がくがくと震え蜜壺を収縮させているにもかかわらず、アーノルドはそこを何度もこじ開けた。

「待――っ待って……！　今イ――あぁっ！」

「大丈夫ッ、まだまだ、イけっ、るだろう……!?」

荒く息をつきながら、アーノルドは容赦なく攻め立てる。ゾーイは軽く達したかと思えば更に高みまで押し上げられ、弾け飛んだ。

息も絶え絶えで四肢を投げ出し朦朧としていると、彼がまた手紙を読み始める。

「『君がこの手紙を読んでくれることはないだろうね。だから思っていることを好きに書かせてもらうよ。私は血統主義者たちが憎い。帝国時代の栄光に縋り自分たちが貴い血を受け継いでいると驕り高ぶって、君に卑下の心を植え付け私から遠ざけた貴族たちが許せない。……けれど、奴らを根絶やしにするにはもう少し準備が必要だ。それまでの間、自分の気持ちを宥めるために、最近ではいろんな妄想をするよ。奴らに与える罰は処刑程度じゃ収まらない。君が苦しんだ年月分、いやそれ以上に苦しめてやらなければ。でも生かしておくには金がかかる。古パン一つでもタダじゃない。そのための金を君の家から出してもらうのは馬鹿げてるよね。だからさ、奴らの指を一本ずつ切っていったらいいんじゃないかって思ったんだ。まずは小指がいいかな？　全員の小指を切り落としたら、次は薬指を。薬指を切り落とし終えたら今度は中指を。指を切られる激痛と、そのうち順番が回ってくるという恐怖に晒され泣き叫ぶ奴らを思い浮かべると、胸がすく思いがするよ。両手両足すべての指を切り落とされるまで生きていられるのは何人いるかな？　……』」

こんな手紙を読み聞かせられては、絶頂のあとの気怠さに心を委ねてなんていられない。

次の手紙も、そのまた次の手紙にも、残虐な文章が続く。しかも、アーノルドはそれを愉快そうに読み上げているのだ。

狂ってる――今になってようやく理解した。おかしいなんてものじゃない。ゾーイがアーノルドを避けた、ただそれだけのことで大勢の貴族たちに残酷な報復をするつもりなのだ。実際どうするかはわからないけれど、止めなければならないと心の底から思った。

わたしが殿下を狂わせてしまっている――。

それは哀しい事実だった。

アーノルドには、名君と讃えられるであろう輝かしい未来があるはずだ。その未来が、ゾーイのせいで崩れ去ろうとしている。

そのことに気付いて、ゾーイはガタガタと震え出した。

自らの身体を抱き締めるゾーイを見て、寒がっているとでも思ったのだろうか。アーノルドは自身を彼女の中から引き抜いてベッドから下りた。乾いたシーツを持ってきて、ゾーイの身体にかける。そしてシーツごとゾーイを抱き締め、また耳元で囁いた。

「愛しているよ。君なしでは生きられない。君は何も考えなくていい。ただ、私に身を委ねてくれるだけでいいんだよ」

「……できません」

「え?」

ゾーイの微かな声に、アーノルドは無邪気に問い返す。ゾーイは震える自身を叱咤し、勇気を奮って訴えた。

「できません！　何も考えずにいることも、殿下と結婚することも！」

ゾーイはアーノルドから離れなければならない。彼を正常に戻すために。

その決断は、ゾーイの胸の奥に鋭い痛みをもたらした。その痛みの原因は何なのか、自分に考える暇も与えず、ゾーイは訴え続けた。

「こんなことはもうおやめください！　報復も常軌を逸しています！　国王となるべきお方が、なさっていいことではありません！　絶対の権力を持つからこそ、人々の規範となる正しい行いをなさるべきです……！」

アーノルドは首を傾げた。

「君と結婚することは正しい行いだと思うけど？　君の純潔を奪った責任は取らなきゃ」

ゾーイはぐっと言葉に詰まった。正論ではある。気持ちがぐらりと揺らいだけれど、すぐに立て直す。王太子であるアーノルドに限っては、その正論は不適当だ。アーノルドの伴侶は王太子妃となり、将来は王妃になる。その地位に相応しい人物を選ぶべきだ。

「責任を取っていただく必要はございません」

アーノルドを押し退けて毅然として答えたけれど、当の本人には緊張感がない。

「何故？　純潔を失ったのだから、私と結婚しなければお先真っ暗だよ？　君の家族はきっと悲しむ」

どうしてもっと、自分のことを考えてくれないのか。歯がゆい思いに泣きそうになり、ゾーイは俯いて答えた。

「それでも、わたしは殿下の将来のほうが大事なのです」

アーノルドの顔は見えなくなったが、困惑した声が聞こえてくる。

「どうも話が通じないな。心配には及ばないよ。君と身分のどちらかを選ばなくてはならないのなら、私は迷わず君を選ぶ」

ゾーイは焦って、勢い良く顔を上げ叫んだ。

「殿下！　そのようなことを軽々しく口になさってはいけません！」

「ははは。思ったより元気だな。——休ませてあげようと思ったけれど、その必要はなさそうだ」

アーノルドはゾーイの両手首を掴み、ベッドに押し倒す。ついさっきかけたばかりのシーツが、ベッドの上にはらりと広がった。その上にゾーイは磔にされ、信じられない思いでアーノルドを見つめる。

「殿下。わたしの話を聞いてらっしゃったんですか？」

「聞いてたよ。でも話が噛み合わないから、身体で対話したらどうかなって思って」

「は？」

訳がわからず、ゾーイはぽかんとする。アーノルドはくっくっと笑って、ゾーイの身体を手のひらでなぞった。

「結婚したいかしたくないか、君の身体に聞くってことだ。本当に結婚したくなければ、身体が私を拒むだろう。私を拒まないのであれば、結婚してもいいということになる」

「どういう理屈ですか!?」

「結婚とは、とどのつまり子を作るということだ。結婚した相手との子を作る行為において著しい拒絶反応があったら話にならない。だが、多少なりとも受け入れられるのであれば、結婚は可能だ」

「何ですか、その滅茶苦茶な論理は！」

憤慨するゾーイを意に介さず、アーノルドはにやりと笑う。

「これまで私に抱かれていたときの君の反応からすると、結婚相手としての相性は決して悪くないと思うのだが──」

アーノルドに見せてきた痴態の数々を思い出し、ゾーイはかっと頬を火照らせる。酷い侮辱だと思った。あんなふうになったのは、みんなアーノルドのせいだというのに。

恋心を穢されたような気分になって、ゾーイは悲しくてたまらなかった。

意思は必要なくて、身体の相性が良ければいい。そんな基準でわたしは選ばれたの？

触れてくるアーノルドの手を、両手を使って懸命に拒みながら、ゾーイはほろりと涙を零す。それを見て、アーノルドは笑みを消して動くのをやめた。泣いてしまったことが不本意で、ゾーイはベッドの上で身体を引きずって距離を取りながら、ぷいと顔を背ける。

アーノルドが止まっていたのはわずかな時間だけで、すぐににじり寄ってきた。

「何を勘違いしているのか何となくわかるけど、私は君を愛しているよ。先程も言ったように、君なしでは生きられない。その言葉は信じてくれ」

切なげな微笑みに絆されそうになるけれど、ゾーイは首を横に振って近付いてくるアーノルドを押し返そうとする。

「……ッ！　信じられません！　信じたくない！」

アーノルドの側にゾーイがいてはいけない。ゾーイがいなくなれば、ア、ア、アーノルド、ア、アーノルドは正常に戻る。

そう自分に言い聞かせるけれど、押し返す手に力が入らない。あっという間に距離を詰められて、唇を塞がれる。

長い長いキスのあと、じんじんする唇を持て余しながら息苦しさに喘ぐゾーイに、アーノルドが勝利を確信した笑みを浮かべて言った。

「身体は正直だね？　素直に私を受け入れてくれたらいいのに」

絶望に似た思いで、ゾーイはその言葉を耳にした。

どうしてわたしは殿下を拒めないの？

ゾーイの立場を慮らず人前でぐいぐい迫ってきて、散々拒んできたのに誘拐までして純潔を散らした人。身体の相性が良ければゾーイの意思は要らないとまで言った。

どこをどう取っても嫌いになる要素ばかりなのに、アーノルドへの恋心は消えてなくならない。変な話、嫌いなのに好きでもある。ムカつくし腹も立つのに、それと同じか、いやそれ以上に彼を慕わしく思い離れがたく感じている。

……きっと、幼い頃の記憶のせいだろう。孤独で、でも母を想い他人を拒絶してきたゾーイを、アーノルドはたった一度のアドバイスで救ってみせた。あのときの感動は、今も褪せることはない。

他にも楽しかった思い出はいっぱいある。それらはアーノルドの楽しみのためだけにあったわけじゃない。ゾーイにとっても、今でも大切な思い出だ。

幼い頃の思慕は大人になるにつれ恋になった。ゾーイはアーノルドに相応しくないと知ったにもかかわらず。

「私と君のものがどんどん溢れてくる」

ゾーイの顔中にキスをしながら胸の膨らみを揉みしだき、もう一方の手で蜜壷をぐちゅぐちゅと掻き回す。いささか乱暴な手つきにも、すっかり慣らされてしまっていた。

こんなでは、相性が悪いなんて主張は通らないだろう。何より、ゾーイの心がアーノルドを拒み切れなかった。

ゾーイがアーノルドの伴侶となれば、貴族たちの反発は必至。どんなに優れていても、貴族たちの協力なしに国は治められない。アーノルドのことだから、国を滅ぼすなんてことにはならないだろうけれど、統治の際はきっとすごく苦労する。アーノルドの治世で国力が落ちたなんて歴史に刻まれたら、彼は後悔しなくてもゾーイが後悔する。

かといって、アーノルドの隣にゾーイではない女性が並び立つことになると思うと、それもまた耐えられそうになかった。その点は、アンジェの言った通りだ。

「準備は十分みたいだ」

蜜壺に深く差し入れられていた三本の指が抜かれる。その際に内壁が擦られて、ゾーイの身体は勝手に跳ねる。

アーノルドはゾーイの両足を押し広げ、開いた足の間に自身の腰を落ち着けた。すっかり勃ち上がった雄々しい昂ぶりをゾーイの入り口に宛てがう。

「いくよ」

その声とともに、ずるりと彼が入り込んでくる。最初の頃とは違い、彼の太くて長いそれを、蜜壺はすんなりと呑み込んでいく。彼のものに内壁を擦られ押し広げられていくだけで、ゾーイの身体は快楽に支配された。こらえようとしてもこらえ切れず、蜜壺は勝手に収縮して彼を揉みしだき、より多くの快感を得ようとする。

剛直が蜜壺の中にすっかり収まると、アーノルドは一心不乱に腰を振り始める。

じゅぼじゅぼというういやらしい水音。腰に食い込む意外にがっしりとした彼の手。胎内を行き来する彼のものに追い上げられながら、歯を食いしばり汗を流して快楽を追いかけるアーノルドを見上げる。

何て美しいんだろう……と、妙に感心した。

顔中汗まみれになって髪が額や頬に張り付いていても、果てるのを我慢してしかめっ面をしていても綺麗に見える。元々整った顔立ちの人だからというだけじゃないことに、ゾーイは気付いてしまった。

どんなに汚くても、どんなに醜くても、アーノルドがアーノルドである限り、ゾーイはきっと彼に見惚れてしまう。

ああ、やっぱりわたしは、殿下のことが好きなんだわ……。

胸が締め付けられるような思いをしながら、改めて思う。

動きを緩めて、アーノルドが問いかけてきた。

「何を考えているの？」

ゾーイは精一杯微笑んで首を横に振る。そして両腕を伸ばし、アーノルドの首にしがみついた。

「ゾーイ……」

アーノルドはぴたりと止まり、驚いたように呟いた。それからゾーイの背に腕を回すと、力いっぱい抱き締めてくる。

「ゾーイ！　ゾーイッ、ゾーイ……！」

何度も繰り返し名を呼びながら、アーノルドはゾーイに腰を打ち付ける。

背が浮いた不安定な状態で揺さぶられるのが怖くて、ゾーイはアーノルドの引き締まった腰に、ほっそりとした白い足を巻き付けた。そうして全身で彼にしがみつき、激しい律動に耐える。

今だけは何も考えず、愛する人に求めてもらっている歓びに浸ろう。

ゾーイは自身を悩ませる様々な問題を頭の中から追い出し、アーノルドとともに快楽の頂点を目指した。


ゾーイの中に子種を吐き出し終えたアーノルドは、ゾーイを抱き締めていた腕をそっとほどき、隣に崩れ落ちるように沈んだ。珍しく呼吸が忙しない。背が浮くほど抱え上げたままあんなことをすれば当然か。後先考えずに突き進んだアーノルドのことを、ゾーイは愛おしいと思った。

でも、もうおしまい。

ゾーイの中で結論が出てしまった。

ゾーイが側にいては、アーノルドのためにならない。

でも自分から離れていくことはできそうにない。

アーノルドが自分以外の女性と添い遂げる姿を見たくない。

――ねえゾーイ。あなたは自分が殿下以外の男性のものになり、殿下があなた以外の女性のものになる、そんな未来を我慢できる？　本当にそれで後悔しない？

教会の控室でアンジェに言われた言葉が脳裏に蘇る。

我慢なんてできない。後悔しないわけがない。

でも仕方ないじゃない。わたしと殿下は決して結ばれない運命にあるんだから。

その辛さから逃れる方法を、ゾーイは一つしか思い浮かばなかった。

呼吸が落ち着いたところで、口を大きく開き、舌を突き出す。

そして目を閉じ、力いっぱい歯を噛み合わせた。舌を噛み切れば死ぬというどこかで聞きかじった話を信じて。

ところがそうはならなかった。

歯が噛み合う寸前、アーノルドが自身の左手の指をゾーイの口の中に押し込んできた。

ゾーイは動きを止めようとしたけれど間に合わず、思い切り噛んでしまう。

ゾーイはすぐに口を開いた。他人の骨肉を噛んでしまった悍《おぞ》ましさに震える。

アーノルドはゾーイの口から指を引き抜くと、右手で庇いながらベッドに蹲った。

「殿下！」

呼びかけたけれど反応がない。

酷い怪我を負わせてしまった――？

ゾーイは焦り、自分が全裸なのも忘れて声を張り上げた。

「誰か！　誰か来て！　殿下が怪我を……！」

けれど、部屋の外は静かで、ゾーイの叫び声に反応する者は誰もいない。

助けを呼びに行かなければとベッドから下りようとしたそのとき、手首を強く摑まれた。

摑んだのは、もちろんアーノルドだった。

「誰も来ない。近寄るなと命じてあるからな。――それに、その格好で人前に出るつもりだったのか？」

自分の格好を思い出したゾーイは、慌てて両腕で胸を隠す。身体を起こしたアーノルドは、肩を揺らして笑い、その振動で痛みが出たのか顔をしかめた。

「申し訳ありません。早く治療を――」

ゾーイは言いながら、手当てに使えそうなものはないかと周りを見回す。部屋の隅に置かれたワゴンに布があるのに気付いて、ゾーイは片腕で胸を隠してそれを取りに走った。

アーノルドの指は血こそ出ていなかったものの、歯形がくっきりと残っていた。その痛々しさが申し訳なく、意味をなさないかもしれないがせめてこれくらいはと布を巻く。

アーノルドが自嘲気味に言った。

「純潔を奪い、自由を奪った私に優しいことだ」

「そんなことを言っている場合ではありません。早くちゃんとした治療をしなくては。動けるのでしたら、ご自分で治療できる者のところへ行ってください」

言い聞かせるゾーイに、アーノルドは聞き分けのない子供のように言う。

「行きたくないな」

「殿下!?」

ゾーイがこんなに心配しているのに。痛いのはアーノルドではないか。ゾーイは怒りを露わにする。

荒らげた声に、冷静な声が返ってきた。

「目を離しているうちに、君は自殺してしまいそうだ」

言い当てられて、ゾーイはぐっと喉を詰まらせる。

「何で自殺しようとしたの？」

答えられるわけがない。それに、アーノルドはまだ痛みに顔をしかめていた。口の中に先程の悍ましさが蘇り、罪悪感が募る。

「それより治療を」

「答えて」

きつく問い質され、ゾーイはやけくそになって訴えた。

「殿下はわかってくださらないじゃないですか！　わたしが側にいては殿下のためになり

ません！　わたしは殿下の足を引っ張りたくないのです！」

「君の存在が私のためにならない？　何故そんなふうに思うんだ？」

　こんな話をするより、早く治療に行ってほしいのに。梃子でも動きそうにないアーノルドに焦れて、ゾーイは言いたくない言葉まで口にした。

「黒髪という異国の血を隠せない、卑しい血のわたしなんかが側にいたのでは、貴族たちが殿下に従わなくなってしまいます！」

　言ってしまってから、ゾーイは劣等感に苛まれた。思っていても、誰にも言ったことがなかった。それをよりにもよって一番聞かせたくなかったアーノルドに言ってしまった。

　アーノルドの表情が険しくなった。

「『卑しい血』？　『わたしなんか』？　本気でそう思っているのか？　ではゾーイは、君の兄も母親も卑しい血だと？」

「！　いいえ！　そんなことは思っていません！」

「だったら君だって卑しい血のはずがないじゃないか。いいか？　君は他人の言葉に惑わされている。ベルクニーロに、貴族は他国の者と結婚してはならないなんて法律はない。他国の血が穢れているなんて主張は、血統にしか己の価値を見出せない貴族たちが、自分たち以外の者を見下すことで自らを優位に見せかけるための言い訳に過ぎないんだ」

「でも、今のベルクニーロの貴族たちには、血統主義の思想が深く根付いています。非血統主義派を名乗っている貴族たちも、心の底はその思想で染まっています。それなのに異国の血を持つわたしが殿下の妃になったら、貴族たちは反発するに違いないのです。貴族たちが従わなかったら、殿下はどうやって国を統治していくのです？　殿下ならやり遂げられるでしょうが、わたしじゃない者を妃にしたときよりずっと苦労が多いはずです。わたしはそれが嫌なのです！」

ショックを受けたように固まったアーノルドを見て、ゾーイは二つの感情を覚えた。ようやくわかってもらえたという安堵と、やはり自分の存在はアーノルドの重荷にしかならないという落胆を。

数瞬口を閉ざしていたアーノルドが、静かに話し始めた。

「君は、私がその程度の貴族たちの反発に酷く苦労すると、そう思っているのか？」

ゾーイはぎくっとした。足を引っ張りたくない、重荷になりたくないとばかり思っていたけれど、裏を返せばアーノルドの能力を疑っているようにも聞こえる。

だが、そんなつもりはない。

「殿下が大変優れた方であることは存じ上げております。ですが」

ゾーイの言葉は、アーノルドの声に遮られる。

「貴族たちの反発があることは当然予想している！　何も考え無しに君と結婚したいと言い続けてきたわけじゃない。対策を講じているし、最悪彼らと戦う用意もある」

「ですから、そういう苦労をおかけしたくないと言っているんです！」

するとアーノルドは厳しい口調で告げた。

「私が苦労してでも君と添い遂げたいと願っていてもか？　そんなの優しさじゃない。

――独りよがりって言うんだよ」

独りよがり――。

自分の真摯な想いをそんなふうに言われ、ゾーイはショックで息すらもままならなくなった。

じゃあわたしのしてきたことって？　わたしが思い悩んで苦しんできたことって？

考えがまとまらず、布の上からアーノルドの拳を握り締める自分の手をただただ見つめることしかできない。

アーノルドは溜息をつき、ゾーイの手をそっと外した。

「手当てしてきてもいいけど、自害はしないように。私が戻ってきたときに君が死んでいたら、私も自害する。ただの脅しじゃないからね」

ゾーイは、自害するアーノルドを想像して身震いする。

アーノルドはベッドからするりと下りた。

「大人しく待ってるんだよ」

そう言って、身動きできないゾーイの頭を撫でてから部屋から出ていった。

＊　＊　＊

離宮本館二階にある執務室。

書斎机を前に肘掛椅子に座ったアーノルドは、包帯でぐるぐる巻きにされた左手を愛おしげに見つめた。

新たな報告書を運んできたドミニクが、見たくないものを見たと言わんばかりに顔をしかめる。それに気付いたアーノルドは、むっとして問いかけた。

「何だ？　その顔は。文句があるのか？」

「その傷、包帯を巻く必要がない上に、先に巻いてあった布が取れないように包帯で固定していると聞いています。そこまでして巻かれた布を愛でるなんて、変態ですか？」

ドミニクの歯に衣着せぬ物言いに、アーノルドは怒るどころかにやりと笑った。

「変態という言葉は、クリストファーに言ってやるといい。いろんな意味で、私を上回る変態だ」

ヘデン侯爵クリストファー・ロンズデールは、まだ生まれてもいなかった義妹に運命を感じて策を巡らせ、血が繋がらなくともきょうだいが男女の仲になることを忌み嫌うベルクニーロで、十九年もの歳月をかけてとうとう義妹と結婚した。

アーノルドにはそこまでのこらえ性はない。ゾーイが社交界デビューするまで待てずに途中で姿を見に行ってしまったし、ゾーイの心が自分に向くまで根気強く求愛するつもりが、彼女が結婚相手を見つけてきたという報せを受けて強硬手段に出てしまった。

ドミニクにはゾーイの本心に従うというようなことを言ったが、彼女が本心からアーノルドを拒んだとしても、同じ手段を取っただろう。それこそ、マーシャル伯爵家と敵対することも辞さずに。

ゾーイがアーノルドではない男と結婚すると聞いたときは、長年かけて調えてきた計画をぶち壊しても構わないと思えるほどの衝撃だった。

計画なんてもう知ったことか……！　私の望みを阻む者は誰だって許さない！

そんな衝動のまま、計画もゾーイも滅茶苦茶にしてしまわなくて良かった。

彼女の純潔を奪う際、アーノルドは至極慎重に彼女の身体をほぐした。

甘えてキスを強請るゾーイの、何と愛らしかったことか。

予期せぬことだったが、ゾーイから怪我を負わされたのも悪くなかった。脅したことに多少の罪悪感はあるが、彼女にまた馬鹿な真似をさせないための抑止力になる。それに嘘はついていない。ゾーイが死ねば、アーノルドは自ら命を絶たずとも生きてはいられない。

怪我の理由を説明すれば、ドミニクは何が何でもゾーイを連れ帰ろうとするに決まっている。だから恋に浮かれた馬鹿を演じて煙《けむ》に巻く。

「それに、私は巻かれた布にうっとりしていたわけではない。怪我をした私を心配するゾーイを思い出してうっとりしていたのだ」

意図した通り、ドミニクはげんなりした。

「あーはいはい。妹の恋愛事情はあんまり知りたくないのでもういいです」

アーノルドから半ば目を逸らしつつ、綴じられた書類の束を彼の目の前に置く。片手が使えないアーノルドに代わって、ドミニクが書類をめくった。アーノルドは一ページを一瞬で読み取っては頷き、ドミニクはそのタイミングでまためくっていく。

読み終えるとドミニクが束を閉じて表紙に戻したので、アーノルドはそこに確認済を示すサインを入れる。報告書は基本内容を把握しておくだけでいいので、これで一つの報告書の処理は終了だ。その間は二呼吸にも満たない。ドミニクはサインが入った報告書を広い書斎机の隅に置くと、新たな報告書を差し出してきた。

「――この報告書は内容がおかしい。調査してくれ」

「はい。担当の者に指示を出します」

次々差し出される報告書を読み込み、不備を指摘する。ドミニクもそれを頭の中に叩き込みながら処理済の報告書を分けていく。処理待ちの報告書の山はすぐになくなった。

「――今日確認すべき報告書はこれだけか？」

「はい、こちらに運べたものはすべて。殿下の処理能力には、いつも驚かされますよ。実は見ているだけで読んでないのではと疑いたくなりますが、殿下はどの報告書の内容も覚えておられるから。どうしてそのようなことができるのか、凡人にはさっぱりわかりません」

「慣れだ、慣れ。おまえも何百何千と報告書を読んでいればできるようになる。それより、多忙なおまえがここにいるということは、書類に残せない報告があるのだろう？」

書斎机に肘をついてニッと笑ったアーノルドに、分けた報告書がまざらないよう積み上げていたドミニクが答えた。

「はい。クリストファーから連絡がありました。すでに準備万端とのことです。殿下の号令でいつでも動かせると。奥方のことでお世話になったから、引き続き全力で協力すると言っていました」

「義理堅くて助かる。私がしたことと言えば、国王陛下に口添えをしたことと、奥方との結婚に祝福の言葉を贈ったくらいだがな」

「奥方との幸せな生活を維持するために、国の安寧は欠かせないというのもあると思いますよ。――私も、他ならぬ妹のために精一杯頑張ります」

溜息まじりにドミニクが言えば、アーノルドは背もたれにゆったりと寄りかかり、肘掛けに肘を乗せて勝者の笑みを浮かべた。

「ああ。ここからがゾーイを幸せにするための正念場だ。兄であるおまえも、しっかり働いてもらうぞ」

＊　＊　＊

わたしがしてきたことは独りよがりだったの？

そうかもしれないと思ったら、何をするのも怖くなった。

ベッドに押し倒されたゾーイが、腕をどこにやったらいいかわからずただ彷徨わせる。

その腕が、偶然アーノルドの左手に当たった。

「――っ」

息を呑み、顔をしかめるアーノルドを見て、ゾーイは血の気が引く思いをする。

「も、申し訳ありません……」

怪我を悪化させてしまったのではと思い、身体ががたがたと震える。アーノルドは慰めるように優しく笑いかけてきた。

「ちょっと痛かっただけ。今のは私が当ててしまったんだよ。私のほうこそすまない」

ゾーイはふるふると首を横に振った。

謝ってもらうことなんて何もない。彼に怪我をさせてしまったのはゾーイなのだから。

そのきっかけを作ったのはアーノルドだという考えは、ゾーイの中には最早なかった。

〝独りよがり〟。

アーノルドを拒み続けてきたのは、ひとえに彼のためだった。

本当は、ゾーイだってアーノルドの側にいたかった。昔のように寄り添い合い、くすくす笑っていたかった。でも、ゾーイの黒髪が、異国の血が、それを許してくれないとばかり思っていた。

でも、痛いところを突かれた。

己の血を卑しむのであれば、兄や母の血も卑しまなければおかしい――アーノルドは、その事実を容赦なく突き付けてきた。

異国人である母のことは卑しんだこともなければ恨んだこともない。ゾーイと同じく半分異国の血を引く兄のことも、大好きで尊敬もしている。二人のことを悪し様に言う人がいれば、ゾーイは全力で抗議して謝罪を要求するだろう。

なのに、自分のことは異国の血が混じったベルクニーロ貴族にあるまじき卑しい存在としか思えない。

頭の中がぐちゃぐちゃ。考えても考えても答えが出ない。自分の判断が信じられない。

怪我をしていない彼の右手が、ゾーイの秘所に忍び込む。

「あんまり濡れてないなぁ……左手が使えないせいかな？」

左手と聞いて、ゾーイの身体は強張った。

人――いや、生き物を傷付けたことすら、今まで一度もなかったのに。

噛んだときの肉と骨の感触が、まだ口の中に残っている。

包帯を外せないなんて、どれほど酷い傷を負わせてしまったのだろう。

人を傷付けてしまうのが怖くてたまらない。

小刻みに震えるゾーイを見て、アーノルドは悲しげに微笑んだ。

「ああ、怯えているのか」

アーノルドの右手が、ゾーイの目元を覆い隠した。温かな闇に包まれて、ゾーイは何故だか安堵を覚える。

「可哀そうに……もう何も考えなくていいよ」

憐みを感じさせる声で言われ、本当に何も考えなくていいのかもとゾーイは思う。

目元を隠されたまま口付けをされる。甘美なキスに溺れるにつれ、本当に考えることを放棄した。

現実から遠ざかっていく耳に、甘ったるい声が聞こえてくる。

「おイタが過ぎた仔には、やっぱり着けておかないとね」

幻聴のように思えたその声とともに、首に何かが巻き付けられた感触がした。

六章

冷たい風を感じ、ゾーイはふるりと身を震わせた。

靄の中、どこかからアーノルドの声が聞こえる。

「ゾーイが寒いようだ。窓を閉めよ」

「かしこまりました」

彼とは別の、知らない女性の声も聞こえてくる。その声が、考えることを放棄し朦朧としていたゾーイの意識を僅かに現実へと引き上げた。

人の気配が近付いてきて、アーノルドの猫撫で声が近くで聞こえる。

「少しの間離れるけど、いい子にして待っているんだよ」

唇に軽くキスが落とされ、気配は遠ざかっていった。

また話し声が聞こえてくる。

「私の留守中、世話をする者と護衛以外を決してゾーイに近付けるな。私やマーシャル伯爵家の者の命令で来たと言って近付いてきた者たちは、皆敵だと思え」

何でそんな物騒な話をするの……？

引っかかりを覚えるものの、浮上しかけた意識はまたゆっくりと下降していく。しかし。

「ゾーイは貴族たちの心無い中傷によって、心を病んでしまった」

さすがにこの言葉は聞き逃さなかった。今更貴族たちの言葉なんかで心を病んだりしない。ゾーイの不屈の精神が復活する。

ここはどこ？　わたしは今までどうしていたの？

足音とともに話し声が遠ざかっていく。

「王太子である私に相応しくないから距離を置かなければならないと思い込んでいる。目を覚ましたとしても、絶対に部屋から出さないよう。私のこの傷からもわかるように、今の彼女は何をしでかすかわからない」

〝傷〟の一言にゾーイは罪悪感を覚えたものの、それで先程の反発心が消えるということはなかった。逆に力を与えられ、ゾーイは完全に覚醒する。

だが、起き上がって食ってかかるようなことはしなかった。

アーノルドは留守にするという。これは逃亡のチャンスかもしれない。

そう考えた瞬間、幻聴がゾーイの胸を刺す。

――独りよがりっていうんだよ。

逃げるという選択はもしかすると間違っているかもしれない。そんな弱気が脳裏を過る。けれどすぐにその考えを振り払った。

何が「貴族たちの心無い中傷によって、心を病んでしまった」だ。ゾーイが心を病んでしまうとしたら、それはアーノルドのせいだ。ゾーイが酔っていたのをいいことに拐《かどわ》かして純潔を奪い、昼も夜もなく抱き続けた。まともに眠れなければ、まともな判断ができるわけがない。

まとまった睡眠を取れたせいか、今は頭の中がすっきりしていた。その頭で考える。殿下の側にわたしがいていいことなんて何もない。やっぱりここから逃げ出さなくちゃ。問題はどうやって逃げるかだ。

ゾーイは目だけで周りを確認した。臙脂のカーテンがかかった四柱式の天蓋など、がらりと変わった室内の様子。どうやら違う部屋に移動させられたようだ。天蓋のカーテンは彫刻の施された柱にくくりつけられており、その向こうにある窓には鉄格子がない。その窓からは薄雲のかかった青空と、遠くに少しだけ葉の茂った木の天辺が見える。どうやら、ここは前の部屋より低い階のようだ。

少しでも詳しく状況を知りたいと集中していたせいで、ドアノブを摑む微かな音を聞き逃すところだった。慌てて目を閉じると、侍女かメイドらしき人物が入ってきて、静かに室内を整える気配がした。

目を閉じて正解だったようだ。その気配が、ゾーイのすぐ側でしばらく止まる。様子を窺っているのだろう。眠っているときのような深い呼吸を繰り返していると、気配はそっと離れていき、扉が開け閉めされる控えめな音がして、それからしんと静まり返った。

薄目を開けて誰もいないことを確認したけれど、念のため横になったまま再び目を閉じて考える。

さっきの世話人に頼んで逃がしてもらうというのは無理だろう。アーノルドから釘を刺されていたから、ゾーイが何を言ってもきっと部屋から出してくれない。護衛もいると聞こえたから、少なくとも二人はゾーイを見張っているということになる。武術の心得があるわけでもないのだから、護衛を突破するのは不可能だ。となれば、世話人や護衛に見つからない脱出手段を探し出さなければならない。

そろそろいいかしら？

隣の部屋からも物音がしなくなったところで、ゾーイはそろりと身体を起こした。まずは自分が今いる場所の確認をしなければ。隠し扉などで外に抜けられたら幸運だが、そのような仕掛けのある部屋にゾーイを移動させる愚をアーノルドが犯すとは思えない。

世話人の気配がいつまでもしていたせいで、アーノルドがいなくなってからかなりの時間が経っている。どんな用事での外出かわからないから、いつ帰ってくるかも読めない。

できるだけ急いで脱出の手段を見つけなければ。

ところが、遠くのほうから大勢の叫び声が聞こえてきて、ゾーイは慌ててベッドに横になった。近くではないとはいえ、騒ぎが聞こえれば念のため様子を見に来るかもしれない。早く静まってくれればいいと思うけれど、静まるどころか馬の嘶きや金属がぶつかり合う音までまじるようになる。断末魔のような叫びも聞こえてくるようになって、戦いが起こっていることを確信した。

誰と誰が戦っているの？　まさか、この戦いに赴くために殿下はわたしから離れたの？だとしたら、戦いの相手は誰？

それらを知らずに下手に逃げるのはよしたほうがいいかもしれない。ゾーイはどの方向へ逃げればいいかもわからないのだ。王太子の敵にでも捕まったら、彼に迷惑をかけることになる。

そこまで考えたところで、ゾーイは自嘲せずにいられなくなった。

監禁されて心を壊されかけたのに、殿下のことを気にかけるなんてどうかしてるわ。

でも、これがゾーイなのだ。今逃げようとしているのだって、アーノルドを思ってのこと。ゾーイが側にいたら、彼は駄目になってしまうから。

拒絶を訴えたけれど、抵抗もしたけれど、どれも本心ではなかった。

本当は幸せな恋人同士のように愛し合いたかった。結婚していなくても関係ない。ワインに酔って夢だとばかり思っていた、あの愛し愛される時間がずっと続けばいいと願っていた。叶うわけがないとわかってはいるけれど。

考え事をしながらしばらく待っていたが、誰も様子を見に来る気配がなかった。ゾーイは見切りをつけてベッドから抜け出し、張り付くようにして窓の外を見る。

外には緑豊かな森が広がっていた。遠くに見える山の稜線は、王都のはるか北に連なる山々だろう。窓越しに下を見たところ、ここはどうやら二階のようだ。

一番確認したかった戦いの様子は、ゾーイのいる寝室からは見えなかった。森の中で戦いが行われているのか、窓の向いている方面で行われているのかさえわからない。

不安は多少あるけれど、やはり逃げ出すことが先決だ。窓からの脱出を考え、まずは見張りがいないか見える範囲を確認する。

すると、敷地を囲う塀に沿って走る人影が見えて、ゾーイは慌てて頭を引っ込めた。それからそろりと頭を上げ、目にしたものに驚いた。

「スティーブ……」

偽装結婚を持ちかけてきた、親戚のスティーブ・コンビトンだ。相変わらずひょろっとした身体で塀の際に立ち、ゾーイに気付いてぴょんぴょんと飛び跳ねながら大きく手を振る。

ゾーイが身体を起こして凝視すると、スティーブは何やらよくわからない身振り手振りをした。具体的に何を言いたいのかは読み取れないけれど、彼の必死な様子から助けに来てくれたのだと察した。よく見つけてくれたものだ。身体を動かすこと全般が駄目で、室内で本ばかり読んでいる人なのに。偽装とはいえ、婚約者であるゾーイを大切に思う一心でだろうか。

そう思うと本当はアーノルドと一緒にいたかったなどと考えていた自分が恥ずかしくて、スティーブにも申し訳なくて、ゾーイは両手で頰を叩き気持ちを入れ替える。寝室の奥へ引っ込み、ガウンを身にまとって、その際に見つけた木底の室内履きを手にすると、窓際へ取って返した。

スティーブはさっきと同じ場所で呆然と突っ立っていた。ゾーイが逃亡を拒んだとでも思ったのだろうか。ゾーイが姿を見せると、また明るい表情になって大きく手を振る。

ゾーイは音をできるだけ立てずにそっと窓を開くと、身を乗り出して建物の側面を観察した。壁面に凸凹が少ないので、この室内履きでは伝って下りられない。でも履き物がないと逃げ切ることはまず無理だ。

ゾーイは室内履きを窓の外へ放る。それから窓枠を乗り越えた。

「わー！　待って、落ちる！」

スティーブが大声で叫ぶ。そんな声を出したら、すぐ見つかってしまう。焦ったゾーイは、手と足を滑らせて落下した。ゾーイは最悪の結果を想像し、ぎゅっと目をつむる。

が、思っていたほどの衝撃はなかった。気付けば、ゾーイは仰向けに転んだ二人の見知らぬ男性の上にいた。どうやらこの二人が受け止めてくれたものの、衝撃を殺し切れずに倒れたようだ。

……この人たちは誰？

くすんだ緑のベストとズボンの、覆面を付けた怪しい男たちの上から退いたゾーイは、転がっていた室内履きを履いて立ち上がると警戒して後退る。

「ゾーイ！　怪我はない？」

スティーブが叫びながら駆け寄ってくる。手遅れかもしれないけれど、ゾーイは唇に人差し指を当てて「しーっ！」と言った。それで今の状況を思い出したスティーブは慌てて口を手で塞ぐ。

「この人たちは？」

「あーえっと、ゾーイ救出の手助けをしてくれてる人たち」

「そうなの。――あ、ありがとう……」

立ち上がってから跪いてきた彼らに、ゾーイは警戒したことを後ろめたく思いながらお礼を言う。でも、いったいどういう素性の者たちなのだろう。引っかかりを覚える。けれど、考えている余裕はなかった。

「追手は食い止めますので、急いで逃げてください」

一人がそう言うなり、二人同時に別方向へ走る。

彼らが向かった先から近衛騎士の制服をまとった者たちが現れて、剣を抜きながらこちらに向かってきた。おそらくアーノルドが手配した護衛だろう。ゾーイを受け止めてくれた男たちは、懐から小さなナイフのようなものを取り出して切りかかってきた近衛騎士たちに応戦する。

「ゾーイこっち！　早く！」

スティーブに思いの外強い力で引っ張られ、ゾーイはつんのめりながらもあとに続く。夜着にガウン、走るのに向いていない室内履きという格好というのもあるが、滅多に走らないゾーイはあっという間に息が切れた。

それはスティーブも同じらしく、他にも何人かの者に守られながら通用口らしきところから塀の外に出る。スティーブは近くに隠されていた荷馬車にゾーイを引き上げると、そのままばったり倒れ込んでしまった。

ごとごとと動き出した馬車の中で、ゾーイは肩で息をしながらスティーブに尋ねた。

「何人も助けてくれた者たちがいるけれど、彼らは何者なの？　お父様が雇ったの？」

裕福でもない平凡な男爵家の息子である彼には、荒事に長けた者たちを雇うような伝手もなければお金もないはず。案の定、スティーブはこくこくと頷く。

「う……うん？　あ、そう、実はそうなんだ……」

「じゃあもしかして遠くで聞こえていた騒ぎは陽動？　わたしを助けるために？」

「うん、そうだよ」

「じゃあお父様が王太子殿下と戦っているの？　なんてこと……！　お願い！　お父様のところへ連れていって！　このままではお父様が反逆者になってしまうわ！」

もう手遅れかもしれないけれど、それでもゾーイのために行動してくれた父をできるだけ助けたい。

馬車は戦いの場所から遠ざかっているような気がする。御者もゾーイの言葉に聞く耳を持たないようだ。ゾーイはすぐさま覚悟を決めると、荷馬車から飛び降りようとする。それを、腰に縋り付いてきたスティーブに止められた。

「ゾーイ！　行っては駄目だ。君がまず安全な所へ行かなければ、伯爵とドミニク様の決死の覚悟が無駄になってしまう！」

「決死の覚悟なんて、わたしはそんなこと望んでない！」

腰に抱き着くスティーブを見て、ゾーイはぞっと身を震わせた。目の焦点が合っていない。前よりも頬がこけ、顔色が悪い。それなのに恍惚とした表情をしていて、それが気味悪く感じられた。何か変だ。どこかおかしい。

「お父様が、私を助けるために兵を集めて、王太子殿下と戦っているの？」

「うん。そうだよ」

「お兄様はどうしてるの？　殿下の腹心じゃない」

「ドミニク様は……王太子殿下のお相手をして、くださっている……お二人が作ってくれた脱出のチャンスを、無駄にしては、いけない……」

言っていることが何だかおかしい。父が王太子と戦って、兄が王太子の相手をしている？　ゾーイが脱出するための時間稼ぎにしてはちぐはぐだ。――そうだ。何でおかしいって思わなかったんだろう。

「……どうしてスティーブがわたしを救出する役目になったの？　お父様が足止めしてくれているなら、お兄様は殿下のお相手をしなくたってわたしの救出に回れたはずだわ。お兄様が私の救出に来れなくても、我が家の護衛を寄越してくだされぱいいだけのはず」

恐怖に駆られてスティーブの腕を振りほどこうとしたけれど、思いの外がっちり抱き締められてしまっていてそれも叶わない。

怖ろしくて声に出せない。――わたしが知らない者たちを雇ったり、体力もなければ荒事も得意でないあなたにわたしの救出を任せるなんて不確実なことを、お父様とお兄様が計画するとは思えない――と。

ゾーイの恐怖を煽るように、スティーブはにたぁと嗤った。

「残念。もうバレちゃったか。でも逃がさないからね？」

「嫌！　嫌ぁああ！」

ゾーイの悲鳴が、森の中にこだました。

＊　＊　＊

どうしたことだ、これは……。

ボース公爵は、呆然として自分を囲む王宮騎士団を見回した。

「ボース公爵オグデ・ノンウォード！　王太子殿下に兵を差し向けた罪で捕縛する！」

こんなはずではなかったのに。

――王族が不在の離宮であれば、兵を差し向けても反逆罪に問うのは難しいでしょう。

どうしてこんな甘言に乗ってしまったのか。

信用できないと思いながらも、幾度となく〝奴〟の言葉に踊らされた。

――非血統主義派など、所詮血統主義派に属していては甘い汁を吸えない連中が、蟻がたかるように財務大臣家に群がって出来上がったに過ぎません。そんな思想のない派閥など、ちょっとしたことで簡単に崩れ去ります。アーノルド王太子殿下は知略に優れ、数々の国の問題を解決してこられたお方。殿下の知略とボース公爵が鍛え上げた国軍、そして稀代のカリスマ、オグデ・ノンウォードがおられれば、ベルクニーロは帝国時代の栄光を取り戻すことも夢ではないでしょう。

この言葉で、〝奴〟は本当は中立派に見せかけた血統主義派なのだと信じ込まされた。

そしてマーシャル伯爵家の娘を王太子妃にすべきでないという〝奴〟の言に煽られて、己が娘を王太子妃にしようと粘った結果、婚期を逃しそうな娘という汚名を着せてしまった。

その上、マーシャル伯爵家の娘が如何に王太子妃に相応しくないかを王太子に知らしめようとしたところ、逆に王太子に強硬策を取らせてしまい、血統主義派の者たちからも失笑を受け恥をかかされた。

しまいにはその汚名を雪《そそ》ごうと焦るあまり、王太子を誑かした悪女を討伐するという名目のもとこのように誘《おび》き出されてしまった。

王宮騎士団に待ち伏せされ、反逆者の汚名を着せられたのは、〝奴〟が王太子に密告したからに違いない。引き連れてきた国軍の有志たちは全員捕縛され、残すはボース公爵のみとなっていた。

＊　＊　＊

ボース公爵と彼に加担した国軍の兵が連行されていく光景を、アーノルドは騎乗したまま眺めていた。

先日、ゾーイにありもしない言いがかりをつけたことはその場で糾弾してやったとはいえ、ボース公爵は血統主義派の中で最も身分も地位も権力もある人物だ。その人物が失脚したとなれば、二の舞を恐れる他の者たちはしばらく沈黙するだろう。しかも、ボース公爵は反逆のために軍を勝手に動かした。この由々しき事態をあげつらうことで、国王にも議会にも、ボース公爵家の取り潰しと元帥位の継承権剝奪に異を唱えさせない。

あとは、頃合いを見計らってクリストファーに任せた計画の仕上げを命じれば、それが完遂するまでまた時間に余裕ができる。その間に、ゾーイの心に染み込んだ毒を抜こう。たっぷり愛して甘やかしながら、血統主義が滅びていく様子をつぶさに教えてあげよう。

思ったより時間がかかってしまった。早くゾーイのもとへ帰りたい。

馬首を返し、離宮に向かいかけたそのとき、正面から走ってくる馬が目に入った。訓練された騎士たちは、すばやくアーノルドを取り囲み守りの陣形を完成させる。猛然と駆けてきた馬はかなり離れたところで急停止し、馬上の者は馬から下りて膝を折った。

「王太子殿下に急ぎお報せに参りました……！」

「話せ」

「ゾーイ様が逃亡を図り、現在行方不明です！」

アーノルドは驚愕する。

私の指を嚙んだことに怯えて気力を失っていたはずなのに、どうして――まさか、この機会を狙ってそんなふりを!?

「あのはねっ返り猫は……！」

「あ！　殿下、お待ちを！」

アーノルドは制止の声も聞かず、自身を守る囲みを突破して、深い森の中へ駈けていった。

＊　＊　＊

こんなことになったのは自業自得。自分で何とかしなくちゃ。

ゾーイは荷馬車の縁を摑んで、飛び降りようと必死にもがいた。こんな深い森の中、整備が行き届いていないのか道はでこぼこで、幸い馬車はあまり速度を出せていない。この速度であれば、飛び降りてもそんなに怪我はしなくて済むかもしれない。

大変な怪我を負ったとしても、それこそ自業自得だ。十分に状況を把握せず、スティーブにのこのこついてきてしまった。

おかげで、ゾーイが耳にした戦いの音声《おんじょう》が何だったのかわからない。スティーブに聞いたところで、まともな答えはきっと返ってこない。

スティーブはまだゾーイの腰にしがみついていて、逃げようとする度に引き戻している。

ひょろひょろで顔色の悪い彼のどこに、こんな力があったのか。

時間が経つにつれ生理的な嫌悪が薄れてきて、ゾーイは冷静さを取り戻しつつあった。

スティーブは「逃がさない」と言った。つまり、ゾーイを捕まえておくことで何か企んでいる。

「ねえ、この馬車はどこへ向かっているの？」

「テンブルス共和国だよ」

アーノルドや兄も留学したことがある、大陸のほぼ中央にある学園国家だ。

「じゃあどこかで馬車を乗り換えるのね？　そこで旅の準備をするの？」

「そんな悠長なことを言っていたら、追手に追いつかれるじゃないか」

言っていることが本当におかしい。兄から聞いた話だと、ベルクニーロからテンブルスまで一月はかかる。こんなすぐに壊れそうな馬車で、何の準備もなく行ける場所じゃない。そこに留学した経験があるスティーブが知らないはずがない。

探りを入れるだけでは埒が明かないと感じ、ゾーイは思い切って直接尋ねた。

「わたしを捕まえてどうするつもりなの？」

「捕まえたなんて人聞きの悪い。僕の妻となる人を助けただけだよ。ちょっとスリリングだけれど、こういう新婚旅行もいいよね」

「さっきの建物から逃げ出す手助けをしてくれた者たちは何者なの？　誰かがあなたに貸

したの？」

「違うよ。皆、僕たちの苦境を聞いて同情して協力してくれているんだ」

「じゃあ誰が彼らを紹介してくれたの？」

「紹介されたわけじゃないよ。彼らのほうから声をかけてきたんだ」

「それで彼らは一体何者なの？　何の目的であなたに手を貸しているの？」

「彼らは僕の望みを叶えてくれるために……」

肝心な話がさっぱりわからない。絶対いるはずなのだ。スティーブにゾーイとの結婚を勧めて、それが実現されると得をする人物が。

ボース公爵？　あの公爵がこんな回りくどいことをしてゾーイを排除するだろうか？

──娘のヴェロニカはもう行き遅れ寸前だし、それで痺れを切らして？

王太子と密会をしていたマーガレット？　彼女にこんな計画を立てられるだろうか。それとも父親のクサンダ伯爵が？

怪しい人物なら他にもたくさんいる。血統主義派でマーシャル伯爵家を憎んでいる者はもちろん、非血統主義派を名乗っていてもマーガレットのように出し抜こうと狙っている者たちだっているだろう。他にも、王太子やマーシャル伯爵家に対して何かを要求するため、ゾーイを人質にしようとしているとか？

わからない。誰が何のためにゾーイを誘拐しようとしているのか。

平らだとばかり思っていた森の中、馬車が不意に坂を上り始めた。馬を駆って、覆面の男が一人追いついてきた。男は馬車の真後ろを、速度を合わせてついてくる。男に見据えられて、ゾーイは危機感を募らせた。

それから少しすると、馬車は坂の頂上の平たく均《なら》された空き地に停まった。

「おい、降りろ」

覆面男が、馬を下りてぞんざいに声をかけてくる。スティーブはその声が聞こえていないばかりか、馬車が停まったことにも気付いていない様子だ。顔色が酷くなり、何かをぶつぶつと呟いている。

覆面男は「ちっ」と舌打ちすると、ポケットから紙の包みを取り出した。それを見てゾーイはぎくっとする。が、すぐに思い直す。似たような紙の包みなんてどこにでもある。

だが、それを目の前でちらつかされた瞬間、スティーブは人が変わったようになった。ゾーイを突き放して男に飛びつき、包みを奪い取ろうとする。

それでも覆面男の反射神経には敵わず、三度ほど手をかわされたところで馬車から転げ落ちた。顔面から落ちたというのに、スティーブは痛がる素振りも見せず、男のほうへ這っていく。

その様子を目の当たりにして、ゾーイはぞっとした。スティーブの様子が異様すぎて気味が悪い。どうして？　真夏に再会したときには、顔色が悪いとはいえ幼い頃の引っ込み思案が嘘のように爽やかな青年だったのに。

覆面男が意図的に手を緩めた。するとスティーブはようやく包みを手に入れる。震える手で、でも慎重に包みを開くと、顔を仰向けて中身を全部口の中に入れた。

「おまえたち……スティーブに何をしたの？　スティーブが口に入れたのはいったい何？」

「おや？　ご興味がおありなら、一包みいかがですか？」

覆面男がもう一包み取り出してゾーイに近付いてくる。堕胎薬ではないだろうが、あれは絶対良くないものだ。

怯えを隠せないままゾーイが首を横に振ったそのとき、スティーブが覆面男の手から包みを奪おうとした。男は慌てて手を高く上げ、追い縋ったスティーブを片手で自身から引きはがして地面に打ち捨てる。スティーブは起き上がろうとするも、覆面男に踏みつけられた。人間に対する扱いとはとても思えない。嫌悪感から眉をひそめると、覆面男は目に嘲笑の色を浮かべた。

「他人事みたいな顔をなさっておいでですが、飲めばあなたもこいつと同じようになるんですよ」

「どういうこと？」

「麻薬をご存じありませんで？　まあ、ご令嬢には聞き馴染みがないでしょう。ですが、そんな話、あなたにはもうどうでもいいですね。ここで死んでいただくのですから」

スティーブが覆面男の下から這い出し、包みを奪ってまた服用する。男は舌打ちをすると、ゾーイの二の腕を摑んで荷馬車から引きずり下ろし、崖のほうへ向かった。

「あなたには心中していただくんですよ。あそこにいる男と。筋書きはこうです。——王太子に仲を引き裂かれそうになったあの男とあなたは、王太子の隙をついて逃亡を図る。しかし追手から逃れられないだろうと悟った二人は、また離れ離れになるくらいならと死を選ぶというわけです。そこの崖から飛び下りてね」

覆面男の手から逃れようともがきながら、ゾーイは少しでも情報を得ようとする。

「な——何が目的でそんなことを——！」

この危機を回避する手掛かりはないかと思ってのことだった。男はあっさりと答えた。

「依頼主からの指示です。依頼主がどういう目的を持っているかなんて知りませんよ。俺は指示に従っているだけですから。——ただ、依頼主は知恵の回る人物のようですね」

男は紙の包みをもう一つ取り出すと、器用にそれを開けてゾーイに振りかけた。ゾーイは咄嗟に自由になる腕で庇ったけれど、顔や腕が茶色い粉だらけになる。変な臭いに、ゾーイの息が詰まった。

覆面男は、振り返ってスティーブに声をかけた。

「ほら！　この女、おまえの好きな麻薬まみれだ！　早く捕まえて舐めないと、麻薬が飛んでいってしまうぞ！」

　二包み目を服用して蹲っていたスティーブが、顔を上げてゾーイを見る。その顔には馬車から落ちたときの鼻血が流れ、よだれも垂れている。爽やかな青年だった彼はもはや見る影もなかった。薬を求めてゾーイに向かってくるが、まともに立てないらしく、数歩歩いては無様に転ぶ。覆面男はまた舌打ちした。

「仕方ないな」

　ゾーイの二の腕を掴んだまま、スティーブのところまで戻って同じく二の腕を掴み、乱暴に引きずって崖の際に戻る。そしてスティーブをゾーイに押し付けようとした。

「人生最後の麻薬だ。大事に舐めろよ？」

　何を言われているかわかっていないスティーブが、それでも欲求に従ってゾーイに抱き着こうとする。抱き着かれたら逃げられないことは荷馬車の上で思い知っている。ゾーイは必死にスティーブの腕を押し返そうとした。

「往生際の悪い女だな」

　忌々しげに言って、男がゾーイの腕をひねり上げようとしたそのときだった。

「ゾ―――イ!!」

　その声に、ゾーイも覆面男もはっとした。

　坂道を騎馬が駆け上がってくる。馬を駆る人の必死の形相を見て、ゾーイは泣きたくなった。

殿下——あなたから逃げ出したわたしをどうして——？

覆面男はもう何度目になるかわからない舌打ちをして、ゾーイたちを突き飛ばす。

ゾーイは、スティーブとともに崖から投げ出された。


それから起こったことは、不思議としか言いようがなかった。

時間が酷くゆっくりに感じる。

重力に引っ張られ、下に落ちていくゾーイとスティーブ。

スティーブは落ちながらもなお、ゾーイに抱き着こうとする。

早駆けしている馬から、そして崖からも飛び下りたアーノルドが、スティーブに体当たりして彼の位置を奪いゾーイに抱き着く。

そして何度も物に当たる衝撃と、耳の鼓膜が破れそうな強烈な音に襲われて。

ゾーイの意識は暗転した。

＊　＊　＊

国王の寝室を辞去したジアウッド公爵ネスター・ラムゼイは、美しいがやつれて見える

顔に笑みが浮かびそうになるのを耐えなければならなかった。

すべてが計画通りだ。

元帥家ボース公爵当主オグデ・ノンウォードは、王太子が滞在する離宮に国軍の兵を伴って進軍。反逆罪で捕縛される。

オグデは罠に嵌められたのだと主張したが、裁判を行った議会は、病床にある国王から「厳しく沙汰せよ」と命じられていたためこれを一蹴。公開処刑か服毒自死かを迫られ、オクデは後者を選んで死亡。当主の大罪によりボース公爵家は取り潰しになり、元帥位の継承権もこれにて潰える。

王太子アーノルド・セントヴィアー・ベルクニーロは、マーシャル伯爵令嬢ゾーイを庇いながら自身も崖から転落。木々によって衝撃を和らげられ肋骨などを折る重傷を負いながらも、一命を取り留める。

一方で、ゾーイが将来を誓い合った男性と手を取り合って離宮から逃げたという噂が広まり、王太子には意に染まぬ娘と無理矢理婚約したことへの批判が、ゾーイには王太子と婚約したにもかかわらず逃げ出したことへの非難、そしてマーシャル伯爵家には誰の種を宿しているかわからない娘を王家に嫁がせようとした罪を問う声が集中した。

それらの声が集約されてまず出てきた意見は、二人の婚約破棄。国王と王太子が伏せっている今、陳情は宰相であるネスターに集まってくる。その陳情が多数ならば、宰相として国王のもとへ届けなければならない。

つい先ほど国王への拝謁が叶い、大量の陳情書を奏上してきたところだ。

国王が奏上を受け入れ婚約破棄を命じたところで、王太子はマーシャル伯爵令嬢との婚姻を強行するだろう。それこそがネスターにとって最も都合の良い展開だった。

――これからの時代、いや、すでに血統主義は時代遅れだ。

前宰相であるネスターの父親は、こういう考えの持ち主だった。とはいえ立場上、下手に血統主義を否定すれば、王宮に要らぬ争いを生むことになる。そのため、貴族たちにそれとわからぬよう、世の考え方を少しずつ変えていくことに腐心していた。

貴族全体の血統主義からの脱却を志す父親を、母親は表向き従順な妻を演じながら陰で馬鹿にしていた。貴族は血統こそがすべて。高貴なる血こそ支配者階級の証という考えの持ち主だった。そんな母親の思想を色濃く受け継いでネスター・ラムゼイは成長した。

〃秘薬〃のレシピを屋敷の書庫から発見したのは偶然だった。ネスターは密かにそれを作らせた。レシピには「秘薬を使われたくなくば、秘薬を使うことなかれ」という一文が添えられていたが、秘薬とは知る者が限られているから秘薬というのであってこちらが使われることなどあるわけがないと一笑に付し、すぐに忘れた。

秘薬が完成した頃、息子の様子がどこかおかしいと嗅ぎつけた父親に追及された。そのうちバレると恐れたネスターは、父親が飲む薬に秘薬を混ぜて実験する。

秘薬欲しさに狂い、死んでいった父親を見て、ネスターの倫理の箍は外れ、壮大な計画を思い付く。血統主義を廃れさせようとしている国王と王太子を廃して自らが国王になり、ベルクニーロに帝国時代の栄光を取り戻そうと。

国王はマーシャル伯爵家を重用する。平民からの成り上がりで、現当主はよりにもよって異国の女を妻に迎え、血統主義を嘲笑っているとしか思えないあの財務大臣家をだ。

王太子は王太子で、ネスターが父親を暗殺したときには、すでに異国の血の混じったマーシャル伯爵家の嫡男を側近候補に加えていた。そんな二人が国の頂点に立つ限り、正統な貴族たちは卑しい血のマーシャル伯爵家によって矜持を傷付けられ続けることになる。

また、オグデ・ノンウォード率いるボース公爵家も邪魔だった。

国王と王太子が死亡すれば、現王家は断絶する。だが、王国に国王不在となれば国内に混乱を招き、他国に攻め入る隙を与えることになる。国の存亡に関わる由々しき事態だ。そのため、公爵家の王位継承権を永久に返上するという古き時代の取り決めなどを守ってはいられなくなる。そうなるとジアウッド公爵家に王位継承の機会が巡ってくるだろう。

ただ、継承権が復活するとしたら、それは元帥家も同じ。しかも元帥家のほうが王家より分かたれた時代が新しい――つまり現王家に血が近しいため、次の国王に選ばれる可能性が極めて高い。

だが、血統主義を掲げているとはいえ、オグデ・ノンウォードはいただけない。短慮なかの者では、国王になったところで早晩国を衰退させるに違いない。下手をすれば一代でベルクニーロを滅ぼすであろう。

国王と王太子の血統軽視も許せないが、オグデ・ノンウォードによって国が滅亡するのも看過できない。つまりは、ネスターが国王になるしかないのだ。

ネスター・ラムゼイの計画は、段階を踏みつつ構築されていった。

まず、父親の死に伴い、自分が宰相になる。その地位を利用して、もう一種類の秘薬を国王に盛って、体調不良による衰弱死に見せかけて殺す。それと前後してオグデ・ノンウォードを失脚させボース公爵家を取り潰す。最後に王太子を何らかの方法で殺害する。

王太子の留学中、オグデは王太子に刺客を放った。他国に教えを請うような王太子に腹を立ててのことだった。それだけでも短慮が過ぎるというのに、オグデが雇った刺客はどれもこれも低能で、誰一人として王太子に怪我一つ負わせることができなかった。

これでは告発したところで大した罪には問えず、オグデ一人を失脚させられても、ボース公爵家は存続してしまう。ボース公爵家を潰すのは、無能で短慮なオグデの代が望ましい。ネスターはこのときの告発は見送った。

一方で、ネスターには王位に就くまでに為さなければならない重要な計画があった。

忌々しいことに、マーシャル伯爵家は〝ベルクニーロの生命線〟と呼ばれ、現在のベルクニーロにはなくてはならない存在。かの家が毎年国へ差し出す金銭がなければ、ベルクニーロは立ち行かない。ゆえに、それに代わる財源の確保が必須だ。

秘薬はその代わりとなる財源としてうってつけだった。特に麻薬と同類の効果がある秘薬は、どの国でも需要がある。各国が禁止しているため、その価値は上昇し続けている。

麻薬と違い、秘薬は取り締まりの目を掻い潜るのが容易で、取引相手に最後の調合をさせることにより足が付く可能性が極端に低い。

秘薬がベルクニーロに蔓延しては元も子もないので、遠く離れたテンブルス共和国から流通させることにした。秘薬を闇市場に流すと、あっという間に共和国から周辺国へと広がり、供給が追い付かなくなったのは幸運だった。秘薬はそれらの国でほぼ消費され、ベルクニーロにはほとんど流れてこない。

幸運はそれだけではない。秘薬が広まった国々では、秘薬を買うための金欲しさに盗みや強盗、恐喝をする者が増え、治安が悪化している。また、別の対価で秘薬を譲ってほしいと持ち掛けてくる者たちに、秘薬を製造させるという好循環をも生んだ。

秘薬の効果は凄まじく、命を落とす者も後を絶たないが、他国の者がどうなろうが知ったことではない。むしろ、ベルクニーロから国土を奪った者たちが興した国にダメージを与えられることに、ネスターは快感を覚えていた。奴らの国などいっそ滅ぼして、かつてのベルクニーロの国土を取り戻すのだ。

逸る気持ちを抑え、表向き中立を保ちながら、機会が巡ってくるのをひたすら待った。

誇りを失った王家から王位を取り上げると決めてから二十年。その間、ネスターを苦しめたことがあった。

それはネスターに子ができないということ。

妻との間に子供ができず、三年が過ぎて離縁した。新しい妻を娶って一年が過ぎた頃、離縁した妻が再婚し、すぐに子ができたと耳にする。ネスターの新しい妻には妊娠した気配すらない。それ以来、一部の貴族たちの間でネスターは〝種無し〟との噂が囁かれた。

その噂を撥ねのけるべく、零落した貴族の未亡人や没落令嬢を多数愛人として囲った。が、どの腹にもネスターの子は宿らない。

ベルクニーロの王侯貴族には子ができにくいという問題は以前からある。身分が高いほどその傾向が強く、ジアウッド公爵家もその例に漏れなかった。宰相家と呼べるジアウッドの血筋もネスターで最後。ジアウッド公爵家は断絶すると言わんばかりに、次期宰相はヘデン侯爵だろうと噂されて悔しい思いをした。

ネスターが〝種無し〟などありえない。国王になった暁には、もっと多くの愛人を囲おう。それこそ血筋が良ければ多産と評判の貴族夫人をその夫から献上させてもいい。我が子の誕生の折には、ネスターを〝種無し〟と嗤った者たちにほえ面をかかせてやれる。

好機の兆しは一昨年の社交シーズンの開始とともに訪れた。

アーノルドが、社交界デビューしたばかりのゾーイを追いかけ回すようになったのだ。

二人の噂は、アーノルドが留学から帰ってきて間もない頃からあった。当時ゾーイは十歳に満たない子供だった。そのため妹のように可愛がっているだけだと見られていたが、さすがに社交界デビューを果たした令嬢を追いかけるアーノルドを見て、考えを改めない者はいなかった。

王太子は、卑しい血を王家に入れるつもりか。——貴族たちの反感は次第に高まっていく。そして今年のシーズン半ば、アーノルドがゾーイと口付けをしているところが目撃されて、ネスターの待ち望んでいた好機が現実となった。

そんなに卑しい血が好きならば、いっそ添わせてやろうじゃないか。そのほうが王太子への貴族たちの失望はより大きくなる。

アーノルドが十代の頃から積み重ねてきた功績は、彼を暗殺しようと目論んでいるネスターにとって厄介だった。

帰国以来、国の抱える様々な問題を解決してきたアーノルド。名声をそのままにして暗殺すれば、人々の心の中で美談として残る。ネスターが国王になったとき、その美談は彼の円滑な統治を阻害することだろう。

『アーノルド殿下が生きておられたら……』

『アーノルド殿下が国を治めていたら……』

過剰に美化された死人と比べられて敵うわけがない。そのため、暗殺を果たす前にアーノルドの名声を落とす必要があった。

卑しい血を求めるあまり自らの名声を貶めていくアーノルドが、いかに滑稽だったことか。そして一月あまり前、ゾーイとの婚約を強行したことが駄目押しとなり、貴族たちのかの者への不信感は頂点に達した。

アーノルドの暗殺に失敗したオグデ・ノンウォードは、かの者の帰国後、今度は娘を王太子妃にしようと目論んでいた。一貫性のない、相変わらず短慮なやり口にネスターはほくそ笑んだ。

オグデは娘とアーノルドの縁談が進まない上に、ゾーイという邪魔者の登場で苛ついていた。そこでネスターは、オグデに様々なことを吹き込んだ。

『ゾーイ嬢もまんざらではない様子。殿下のご執心ぶりからして、もしかすると早まった行動に出ておられるかもしれませんね』

『王族が不在の離宮であれば、兵を差し向けても反逆罪に問うのは難しいでしょう』

ネスターの言葉に、オグデは面白いほど振り回されてくれ、先日ボース公爵家を巻き込んで失脚した。アーノルドが血統主義派の長であるオグデを嵌めようとしているのは察していた。その計画が上手くいくよう一言添えただけでこの成果。しかも、その計画にアーノルドが気を取られている隙に、ネスターは自身の計画の実行にほぼ成功した。

それは、秘薬に冒されたゾーイの親戚の男に彼女を適当な場所まで誘い出させ、心中に見せかけて二人を殺し、アーノルドとマーシャル伯爵家を醜聞に晒すこと。

実際は誘い出す前にゾーイが離宮に保護されたり、心中させるつもりがゾーイは生き残ったりと元の計画からずれた手順を辿ることになったが、同等の結果を得られそうだ。

意識を回復したアーノルドは、真っ先に結婚式の準備を急ぐよう命じた。それがかの者に対する貴族たちの反感をさらに煽った。

馬鹿め。色恋に溺れ我を失ったか。

人目がなければ高笑いしたいところだ。最早策を弄するまでもない。国王は数日中に崩御する。その後すぐさま大怪我が元で急死させてやろう。

計画は面白いほど順調だ。

だというのに、何だろう？　この胸にまとわりつく漠然とした不安は。

昨日の午前中、アーノルドを見舞ったときからこうだ。

――ゾーイの遠縁の男を利用して駆け落ちを偽装し、心中に見せかけ殺そうとしたのはそなただろう？

寝室に入った瞬間そう言われて、内心動揺した。落ち着けと自分に言い聞かせた。証拠はどこにも残していないはずだ。

――仰っておられることがさっぱりわかりません。私がそのようなことをしたと疑われる何かが見つかったのですか？

——証拠はないな。実行犯を捕まえ拷問にかけたが、直接の依頼者と、その者に依頼した者までは辿れたものの、その先はさっぱり出てこない。主犯はよっぽど用心深いと見える。

不満げに溜息をつくアーノルドを見て、ネスターはほっとした。大丈夫。犯人が明らかになったわけじゃない。

——にもかかわらず、私を犯人だと仰ったのですか？　さすがに私も傷付きますぞ。

ちょっとおどけて言えば、アーノルドはつまらなそうに言った。

——犯行に使われた〝麻薬〟のことを考えれば、犯人はおのずとわかってくるのだ。

——と、言いますと……？

——先日、ハンセル商会のものに偽造された荷馬車が〝麻薬〟を運んでいたという報告が上がってきた。他国で蔓延している〝麻薬〟だ。原材料の特定が難しいと薬師に言われたとき、思い当たるものがあってね。王家に伝わる古い記録を引っ張り出して照合させた。

古い記録と聞いて、ネスターはぎくっとした。まさか、そんなはずは……という不安は、続くアーノルドの言葉によって、絶望に彩られていく。

——帝国時代のベルクニーロは、いくつかの〝秘薬〟に陰ながら支えられていたという。何度も服用させることによって自然死に見せかけ、かつ死期を操れる〝秘薬〟や、本来の力量を超えた力を引き出すことができる一方で、強力な中毒性により服用者を自在に操れるようになる〝秘薬〟などだ。どの薬も致死率が高く、扱いを間違えれば帝国すらも滅ぼすと危惧されて、帝国全盛期に使用を禁止され、記録はすべて旧都の城であったここの書庫に封印された。だが、王家に対する抑止力として、王家から〝完全に切り離された〟幾つかの家に、記録の写しの一部が渡された。その家々は一つを除いて後継に恵まれず断絶したため、王家に戻された写しが書庫に積み上げられているがな。ちなみに、ボース公爵家に写しが与えられたという記録はない。ボース公爵家が王家より分かたれたときには、〝秘薬〟の存在自体ほとんど忘れ去られていたようだ。

では、ネスターがジアウッド公爵家の書庫から見つけた秘薬のレシピは、王家に保管されているものの写しだというのか？　非常にマズい。もう言い逃れができないのではと思いながらも、ネスターは必死に言い訳を考える。

——写しなどいくらでも作れます。他家から流出した写しが巡り巡って、現代になってレシピが再現されたとは考えられませんかな？　何より、私がその〝秘薬〟とやらに関わった証拠はあるのですか？

証拠はないというアーノルドの発言からくる強気な態度だった。

——製造拠点だったと思しき場所はいくつか発見したが、どこもきれいさっぱり片付けられていて、犯人に繋がる手掛かりは摑めなかった。運び屋たちの一部は今も追わせているが、主犯に辿り着く見込みは薄いな。主犯は本当に頭が切れる。それに。

そこで言葉をいったん止めたアーノルドは、ネスターに目をくれて肩をすくめる。

——もしそなたが主犯だとしても、我が国は罪に問えぬ。〝麻薬〟をばら撒き各国の不安を招いた犯人がベルクニーロの宰相だと触れ回ったら、我が国は各国から非難されその責めを負わねばならぬ。下手をすれば存亡の危機に陥ることになる。

アーノルドが言っていることは、ネスターにもわかった。

何の身分も権力も持たない一個人だったなら、その者を他国に突き出して裁きを受けさせ、片を付けることもできる。

だが、宰相は国王に次いで国を背負う責務を持つ。その者が他国に対して犯した罪となれば、国も無関係ではいられないだろう。『宰相個人が行った犯罪だから』と切り離すことは不可能だ。

それどころか犯罪者を宰相の座に置いていた国の責任を問われるに違いない。ベルクニーロは各国から非難され、外交であらゆる不利益を被ることになる。

——つまりは、そなたが犯人ではないかと言ったものの、捕らえることはおろか、その話を公にすることもできないわけだ。

言われてみれば、アーノルドの寝室にはいつの間にかアーノルドとネスター、それとマーシャル伯爵家の息子しかいなかった。人払いされていたらしい。

——そなたのせいで、いくつもの切り札を切らなければならなくなったよ。〝麻薬〟の件を各国で内々に収めてもらうためにね。留学時代、クリストファーとドミニクと手分けして集めた、貴重なカードだったのに。まあ、外交カードは他にもあるから、しばらくは困らないが。何が話したかったかというと、切り札を失う件と、これから後始末に奔走しなければならないことへの恨み節だ。言いたいことは言わせてもらったから、もう行くがいい。

ネスターは見舞いに来たのであって、呼び出されたわけでもないのに、アーノルドに追い払われる。扉がアーノルドとの間を隔てる直前、こう言われた。

――昨夜のワインは美味かったか？

それを聞いてぎくっとしたが、おくびにも出さず「何のことですか？」とにこやかに言い、そのまま扉を閉めた。

昨夜――今からだともう一昨日になるか。その夜といえば、秘薬に関わる組織のトップたちが初めて勢揃いし、会合を開いた。秘薬の生産拠点が他国に移るこのタイミングで、結束を固め裏切者を出さないために一度顔合わせをしたほうが良かろうという主旨で。理に適った提案であったし、ちょうど全員がベルクニーロ国内にいる。今を逃せば次の機会はないだろうということと、また発案者が長年ネスターに仕える信の置ける者だったため、承知して手配を任せたのだった。

会合は王都にある高級宿の一室にて行われた。出された料理も酒も一級品だった。もちろん毒見をさせた。問題ないことを確認して、皆それらに舌鼓を打った。

そうした場でワインが供されるのは当然だ。滅多に味わえない極上の逸品が振る舞われたのも覚えている。そのワインも、もちろん毒見をさせた。

何度も思い返すが間違いない。確かに毒見をさせて、何も問題がなかったのだ。

だというのに、どうしたことだろう。四肢の指先から這い上がってくるこの不安は。

不意に秘薬に添えられていた言葉を思い出した。

秘薬を使われたくなくば、秘薬を使うことなかれ。

新たに湧き上がった不安を、ネスターは否定することで振り払おうとする。

ワインを飲んだのは一昨日の夜だ。昨日の午前中にアーノルドを見舞ったあとは、口にするものすべてに今まで以上の注意を払っている。毒とは判別がつかないものを混入されないよう、信頼できる者に密かに飲食物を調達させて。

だから毒の心配は要らない。不安も間もなく消えるだろう。国王と王太子が相次いで死去したあとには。

どくん、と心臓が嫌な鼓動を打った。

不安が体調不良を引き起こしているのかもしれない。だからあまり気分が良くなかったのか？

そんな考察は、次の瞬間抹消する。

胃から何かがせり上がってきて、ネスターはこらえ切れず吐き出した。手では受け止め切れなかった。手のひらを濡らすそれに目をやり、ネスターは呆然とする。

血？

アーノルドは何と言っていたか。確か「王家から〝完全に切り離された〟幾つかの家に、記録の写しの一部が渡された」とか。つまり、ジアウッド公爵家にあったレシピ以外にも、秘薬のレシピがあったということ。

この秘薬の秘薬たる所以は、もしかしたら服毒後、しばらく時間を置いてから効果を発揮するということなのではないか。

またせり上がってくる。

急いでアーノルドのもとへ行って解毒剤を――。

踵を返して走り出そうとしたネスターだったが、次の吐血とともに倒れ伏し、二度と起き上がることはなかった。

七章

崖下から奇跡的に救出されたゾーイは、それから二十日経っても自宅のベッドから出られなかった。彼女自身は、折れた木や木肌などに擦ったと思われる切り傷やかすり傷、それと少々の青痣のみだったにもかかわらず。

ゾーイを庇ったアーノルドは、肋骨の他腕や足を骨折し、一時生死をさまよったという。ゾーイが二日後に目を覚ましたときには峠を越えていたそうだが、心の中は罪悪感でいっぱいだった。ゾーイがもっと考えて行動していれば、アーノルドに無茶をさせず、スティーブだって巻き込まずに済んだかもしれなかったのに。

そのスティーブは留学先で麻薬を覚えてしまい、麻薬と引き換えにゾーイを誘い出す役目を請け負ったそうだ。捕縛された覆面男たちがそう明かしたのだという。

その話を聞かせてくれた兄は、スティーブは麻薬に手を出してしまったからこそ売人を通して覆面男たちの仲間に目を付けられてしまったのだと教えてくれたけれど、今回のことに巻き込まれなければ更生のチャンスがあったのではないかと思うと罪悪感を覚えずにはいられない。

それだけじゃない。一緒に崖から落ちた彼は助からなかったと聞いたから尚更に。

アーノルドがそうしてくれなかったら、麻薬を舐めることしか考えていなかったスティーブに巻き込まれて、ゾーイもきっと命を落としていた。そう思うと、二人に対してますます罪悪感が募った。

様々な罪悪感に心を押し潰されて、ゾーイはなかなかベッドから出られるだけの体力を取り戻せずにいた。

そんな折、スティーブの両親が見舞いにやってきた。彼らはゾーイが謝罪をしようとしたところを止め、逆に謝罪してきた。

――気付いていたんです。息子の様子がおかしいことに。でも、息子が麻薬に冒されているなんて思いたくなくて、そのせいでゾーイ様を巻き込んでしまったことを、心よりお詫びします。

彼らは息子を亡くしたのに、その原因となったゾーイがそんな謝罪を受けていいはずがない。そう訴えたかったけれど、疲れ果てた笑みを浮かべる二人を見たら何も言えなかった。もしかすると、ゾーイの心を軽くするために、父が二人を呼び出したのかもしれない。

そう気付くと申し訳なさでいっぱいになって。

なかなか元気にならないゾーイに、皆がいろんな話を聞かせた。

ゾーイが〝滞在〟していた離宮を襲撃したのは、ボース公爵だった。アーノルドと刃を交えることになったボース公爵は、反逆罪により獄中で服毒自死を選択。ボース公爵の親類縁者は処罰が決まるまで牢に入れられており、公爵家は取り潰し。元帥位の継承権は国に返上された。

それから間もなく、ジアウッド公爵が突然亡くなったことも聞かされた。白昼、王宮の廊下で突然倒れ、そのまま……だそうだ。

だが、そのあとでジアウッド公爵が国王に毒を盛っていたことが発覚。歴代最年少で大臣位を継ぎ最も優秀と評判だった宰相の突然の死と大罪の発覚に、国中が騒然となった。ジアウッド公爵家も取り潰しとなり、宰相位の継承権はボース公爵家と同様国に返上となった。

国王は毎日解毒の処置を施され、おかげで日に日に回復しているという。暗い話題が続く中、それだけは喜ばしいことだった。

ゾーイが堕胎薬を持っていたという噂をばら撒いたのは、非血統主義派のマーガレット・スマイリだったらしいという話も聞いた。

何でもゾーイの噂を〝偶然〟耳にした人々のすぐ側で、彼女の特徴であるまっすぐな亜麻色の髪が必ず見かけられたのだという。〝友人〟を陥れようとしたあくどい令嬢というレッテルを貼られたマーガレットは〝体調を崩して〟どこかで療養しているらしい。

一時は命も危ぶまれたアーノルドだけれど、順調に回復していると兄から聞いた。ゾーイが目を覚ましたときには彼からのプレゼントが山のように届けられており、その後も毎日何かしら贈ってくる。十日も経つ頃には、手紙も添えられるようになった。

「封も切ってないのかい？」

ゾーイの様子を見に来た兄が、テーブルの上の手紙に気付いて手に取った。

「私が読んであげようか？」

「やめて。お願い……」

苦しげに頼むゾーイを見て、兄は手紙をテーブルに置き、ベッドに腰掛けた。手を伸ばし、ゾーイの頭を撫でる。

「……一言くらい、返事を差し上げてもいいんじゃないかな？　殿下はゾーイに会いたい一心で、日々頑張っているんだよ？」

おどけたような兄の言葉に、ゾーイはつい噴き出してしまう。でもすぐに我に返り、表情を曇らせた。

「……お手紙もプレゼントも、そのままお返しするのは駄目？」

「返されたりしたら、それこそ殿下はショックで死んでしまうよ」

ゾーイは自嘲の笑みを浮かべた。

そんなことにはならないだろう。だって、ゾーイがプレゼントや手紙を拒んだところで、アーノルドとゾーイの縁談が白紙になるわけじゃないから。

アーノルドは命の危機を脱してすぐ、二か月後にゾーイとの結婚式を行うと関係各所に命令を下した。おかげで王宮もマーシャル伯爵家も大忙しだという。伝聞形になってしまうのは、ゾーイが結婚式の準備を拒んでいるからだ。そんなゾーイを気遣って、家族も使用人もゾーイの前では滅多にその話をしない。

兄は申し訳なさそうに謝ってきた。

「ごめん。冗談のつもりで言ったんだけど……」

「わかっているわ」

心配をかけまいと、ゾーイは微笑みながら兄に返事をする。でも空元気であることに、兄は気付いているだろう。ゾーイは取り繕うのを諦めて、笑顔を消し小さく溜息をつく。

ゾーイが気鬱でいるのは、今の話題のせいではなかった。

自分が舌を噛み切ろうとしたとき、躊躇いなく口に指を突っ込んできたアーノルド。痛みに耐えながらも、ゾーイが自殺すれば自分も後を追うと宣言した。

ゾーイが崖から落とされたときだって、無謀にもゾーイを追って崖から飛び下りた。下手をすれば、スティーブと同じようになっていたかもしれないのに。

スティーブが亡くなったと聞いたとき、申し訳ないけれど、スティーブのことより先にアーノルドがどれだけ危険なことをしたかを思い知って怖気がした。唯一の王位継承者がしていいことじゃない。ゾーイ一人の命と国の民全員の生活、どちらが大事だと思っているのか。

物思いにふけるゾーイに、兄が気分を変えようとしてか明るい口調で言った。

「そうそう。これを渡しに来たんだった」

そう言って、ドミニクはポケットから一通の手紙を取り出す。条件反射でぎくりとすると、兄は肩をすくめて笑った。

「殿下からの手紙がそんなに怖いなら、一度だけでも返事をすればいいのに。そうすれば、殿下もひとまず落ち着くと思うよ。――でも、これの送り主は別の人」

そう言って兄は裏面を見せる。そこには、ヘデン侯爵家の封蠟があった。

「アンジェ……」

胸が苦しくなる。何故なら、お見舞いに来たいというアンジェの申し出を、体調不良を理由にずっと断ってきているからだ。

「……まだ会う気になれないのかい？」

兄が言葉を呑み込んだことにゾーイは気付いた。今の言葉の前に、「あんなに仲が良かったのに」と付けたかったのだろう。

ゾーイだって、本当はアンジェに会いたい。でも、最後に会ったときのあの会話を蒸し返されたらと思うと、会いたくないという気持ちが勝《まさ》ってしまう。

相手は王太子だ。結婚に関しても、個人の感情を優先すべきではない。アンジェとはわかり合えないこの考え方について再び言及されることが、今のゾーイには耐え難い。

兄がゾーイの手を取って、手紙を手のひらに載せた。

「ともかく渡しておくよ」

兄はゾーイの頭をぽんと叩き、寝室から出ていく。

ゾーイは手紙に視線を落としたまま、寝室の扉が閉まる音を聞いた。

いつまで眺めていたって仕方ない。ゾーイは息をついて心を落ち着けると、メイドにペーパーナイフを持ってこさせ封を切って手紙を取り出した。

手紙には、ゾーイの体調を気遣う言葉と、アンジェの近況が書かれていた。クリストファーが多忙のため、何日も屋敷に籠もって生活しているのだという。

宰相と元帥が死去し、二大公爵家が取り潰されて政界が大きく揺れている今、次の一大勢力となりうるヘデン侯爵家の身辺は騒がしいのではないかと思う。当主であるクリストファーは王太子の側近だから、アーノルドが療養中の今は多忙を極めているに違いない。

自分で守れない代わりに、やむを得ずアンジェを屋敷に閉じ込めているのかも。

当のアンジェはクリストファーがいない時間は退屈なので、得意の裁縫をしているという。お見舞いに刺繍を入れたハンカチをと思ったけれど、ハンカチに施す小さな刺繍一つであっても自分にだけ贈ってほしいと夫に言われたのだとか。だからお見舞いには別のものを用意するから、体調に差し障りがなくなり気が向いたら招待してほしいという文言で手紙は締めくくられていた。

読み終えたゾーイの口から、切ない溜息が漏れた。悋気という感じはしないけれど、愛する人との日々の生活が綴られているアンジェの手紙を読むと羨ましくて——辛い。

ゾーイには、アンジェのような幸せな人生は望めないから。

愛する人が王太子だからというだけじゃない。アーノルドが王太子でなかったとしても、彼との結婚に何の障害もなく皆から祝福されたとしても、ゾーイは自分が幸せになれる気がしなかった。

アーノルドの狂気が怖い。あの危うさが彼を破滅に追い込みそうで。

どうしたらいいか答えが欲しい。自分では答えを出せないから、誰か話を聞いて、一緒に考えてくれる人が欲しい。

母はもちろん、父や兄にも聞けないと思った。アーノルドはゾーイが関わると狂ったようになると言えば、父と兄は結婚を阻止するために動いてくれるだろう。でも彼がゾーイとの結婚を諦めるとは思えない。両者の間に不和や対立を生むくらいなら、余計な真似はしたくない。

でも、結婚することで彼が取り返しのつかないくらい狂ってしまったら？　ゾーイがまた危機に陥ったとき、また自身の命を顧みないような助け方をするのでは――。

馬から、そして崖からも飛び下りたアーノルドの姿を思い出し、ゾーイはぞくっと身を震わせる。今回は助かったから良かったものの、次は無事とは限らない。

家族に相談できないとなると、頼れるのはアンジェしかいない。

ううん、相談ではないわね。

ゾーイは自嘲する。アンジェだってもちろん、ゾーイが置かれた状況をどうにかできるわけじゃない。彼女の夫がアーノルドの腹心であるからこそ、尚更に。

ただ、話を聞いて知ってほしいだけなんだわ。

親友だからこそ、ゾーイの気持ちも考えも知ってほしい。同意も理解もしてくれなくていいから。

手紙には、力になれることがあったら何でも言ってとも書き添えてあった。その言葉に甘えようと決め、ゾーイはメイドを呼んだ。見舞いに来てほしいという手紙をアンジェに出すために。

手紙を書き送った日の翌日の午後、アンジェがお見舞いに来てくれた。

ゾーイの私室まで案内されてきたアンジェを、ゾーイはテーブルに着いたまま迎える。

「アンジェ、来てくれてありがとう。玄関まで出迎えに行けないばかりか、座ったままでごめんなさいね」

「足にも怪我をしたんでしょう？　良くなっていないんだから歩いては駄目よ」

ゾーイが立ち上がらなくていいように気遣ってか、アンジェは早足で近付いてくる。

「起きていて大丈夫なの？　ベッドで横になっていてくれて構わなかったのよ？」

「怪我のほうはもう大したことないの。ただ……」

「〝ただ〟？」

アンジェが心配そうにゾーイの顔を覗き込む。ゾーイはアンジェの顔を上目遣いに見て、軽く肩をすくめた。

「ただ、寝てばっかりだったから足腰が弱っちゃって。ちょっと歩くだけで疲れちゃうから、悪いと思ったけれど部屋で待ってたの」

アンジェは目を瞬かせると、呆れたような溜息をついた。

「わかったわ。その病名は運動不足ね？　治療には歩かなくちゃ」

そうしゃべる顔には、悪戯っぽい笑みが浮かんでいる。

メイドたちがテーブルに見慣れないお菓子を並べるのを見て、ゾーイは悪ふざけをした。

「ああ医師《せんせい》！　今すぐ歩かなくてはなんて言わないで。ここに並べられた美味しそうなお菓子を食べずに席を立つなんてわたしにはできないわ……！」

両手を組んで懇願のポーズをするゾーイに、アンジェは腕を組んでから片手を頬に当てて「ふむ……」と考え込むふりをする。

「歩くためには精を付けなければなりませんね……いいでしょう。お茶の時間を楽しんだあとで、少しだけ歩きましょうか」

メイドの一人がこらえ切れず小さく噴き出す。それを聞いて、ゾーイとアンジェは同時に笑った。

「じゃあお茶のあとで庭にちょっと出てみるわ。付き合ってくれる？」

「ええ、もちろん。秋ももうすぐ終わるけれど、このお屋敷のお庭にもきっと秋の花がたくさん咲いているわ」

そのとき、メイドが色とりどりの花を挿した花瓶を運んできて、テーブルの隅に置く。

「ヘデン侯爵邸の庭園のお花？」

「ええ、そうなの。ベッドから出られないのなら、せめて切り花で秋を感じてもらえたらと思って。青空しか見えない窓辺でも、こういった花を手前に置くだけで秋らしく感じるでしょ？」

「素敵なお見舞いをありがとう。ね、この辺りのお菓子も持ってきてくれたの？」

「よく気付いてくれたわね。そうなの。最近流行しているお菓子ですって」

二人はしばらく他愛のないおしゃべりに興じた。アンジェの裁縫の話や、お互いが最近読んだ本の話など。そんな楽しいひとときに水を差すのを躊躇って、相談事を切り出すことができないでいた。アンジェがカップを手に取るときなど、ゾーイから目を逸らしている間に、ついつい溜息を漏らしてしまう。

二杯目のお茶も空になったところで、ゾーイはアンジェに尋ねた。

「お茶のお代わりは？　お菓子もどう？」

「もうお腹いっぱい。ゾーイは？」

「わたしも。庭園に行きましょうか？」

アンジェに手を貸してもらい、ゆっくり歩いて正面玄関の前に広がる庭園に出た。

「すごいわね。ヘデンのお屋敷もお花でいっぱいだけれど、このお庭は規模が違うわ」

「王都の一等地だと、侯爵家でもさすがに広いお庭を作るのは難しいわよ。でもここは元々郊外だった場所だから、手に入れやすいうちにって先祖が土地を買い漁ったみたい」

そんな話をしながら、庭園を見渡せるベンチのある場所へと移動する。

ベンチに座ると、メイドたちは気を利かせて離れていった。護衛も庭園の外周を巡回している。

「いい天気で良かったわね。日差しが暖かくて気持ちがいいわ」

そんな話ばかりで、アンジェから出てきて然るべき話が出てこない。怪我をして先日まで臥せっていたゾーイに遠慮しているのだろうか。思い切って尋ねてみた。

「ねえアンジェ。新婚旅行はどうだった？」

その途端、アンジェはかぁっと頬を赤らめる。なかなか刺激的だったようだ。ゾーイも監禁中刺激的な日々を送っていたと思うけれど、アンジェとは違い幸せとは程遠い。

胸に走った痛みを隠しながら、ゾーイはからかうように微笑んだ。

「素敵な新婚旅行だったみたいね？」

アンジェはもじもじそわそわしたかと思うと、恥じらい半分気まずさ半分といった雰囲気で打ち明けてきた。

「実は……行ってないの」

「え？」

聞き間違いかと思った。けれどアンジェは思わぬ話を続ける。

「わたしも結婚式のあとに聞かされたんだけど、新婚旅行に行ったと見せかけて王都に留まるようにって、王太子殿下から命じられていたそうなの」

「殿下がそんな命令を？」

驚くゾーイに、アンジェは顔を近付けて声を潜める。

「ゾーイ。これは内緒の話なんだけれど、クリスやあなたのお兄様が殿下のお側にいない風を装って、宰相閣下と元帥閣下を油断させる作戦だったそうよ」

要約すると、こういう話だった。

宰相であったジアウッド公爵が国王に毒を盛っていたことは公になっているけれど、それとは別に、彼は諸外国で蔓延していた麻薬の製造と流通の首謀者でもあったのだという。

一方、元帥であったボース公爵は、前々からベルクニーロの領土拡大を狙っていて、権限を持つが故に勝手に軍を動かし、周辺国に攻め入る口実を作ろうとしていた。

二人の罪は、公にすれば大陸中の国を敵に回しかねないため、普通に裁くわけにはいかなかった。そのため、ジアウッド公爵は暗殺し、ボース公爵には別の罪を着せて裁いたのだという。

ゾーイを離宮にかくまったのも、二人の婚約を聞き頭に血が上ったボース公爵が軍を動かしゾーイを襲うよう仕向けるためだったという。ゾーイに危害を加えられないよう万全の態勢を敷いた上でアーノルドはわざと離宮を離れ、その隙に離宮へ攻め入ろうとしたボース公爵の前に王太子《アーノルド》が立ちはだかることで反逆の汚名を着せた。

そのためにわたし、離宮に連れていかれたのね。それならそうと言ってくれれば良かったのに……。

苦い思いを噛み締めるゾーイに気付かず、アンジェはゾーイの耳元で内緒話を続ける。

「クリスは麻薬組織の壊滅を指揮しているし、それを命じたのは王太子殿下だわ。わたしや、これから王太子妃になるゾーイは、このことを知って、自分がいかに危険な立場にあるか自覚したほうがいいと言うの」

「――殿下とわたしの結婚が本決まりになったこと、知っていたのね」

諦めの心境で、ゾーイはアンジェに聞かせるともなく呟く。

アンジェは申し訳なさそうに肩をすぼめた。

「ごめんなさい。クリスから聞いていたんだけれど、言い出しにくくて……」

「わたしこそごめんなさい。気を遣わせちゃったわね」

アンジェの結婚式のとき、ゾーイが酷く反発したから言い出しにくくなったのだろう。すまないことをしたと、今なら心からそう思える。

謝罪したゾーイに、アンジェは労わりの笑みを浮かべて首を横に振った。

「ううん、いいのよ。それより結婚式のとき、時間がない中で押しつけがましいことを言っちゃってごめんなさい。お相手は王太子殿下なんだから悩んで当然よね」

少し理解してもらえたことで、心がすうっと軽くなる。悩みが尽きたわけではないけれど、ほっとして顔が綻んだ。

「ありがとう。わかってくれて」

「わたしじゃ役に立てるかわからないけれど、話したいことがあるなら今日こそちゃんと聞くわ」

その思いやりに感謝して、ゾーイはぽつぽつと話した。

誘拐や監禁中にあったほとんどのことは伏せるしかなかった。話せたのは、昔読まずに返した手紙の内容と、アーノルドが自身の危険を顧みずゾーイを助けたことだけ。

「アンジェから話を聞いて、国を守るにはきれいごとだけでは済まされないって理解はできたのだけれど、同時に怖ろしく思ったの。公爵であるお二人に下したのは、報復でもあったんじゃないかしらって。だとしたら、きっとこれで終わりじゃない。殿下がこの先誰にどんな報復をなさるのか、考えるのも怖い。わたしがいなければ、殿下も血統主義派をあんなにも憎まなかったかもしれないと思うと申し訳なくて仕方なくて。それに、殿下の目の前でわたしがまた危機に陥ったとき、殿下がまたご自身を顧みずに助けようとするんじゃないかって考えずにはいられない。今回は重傷を負われたけれど、次は重傷では済まされない事態になるかもと思うと、やっぱりわたしは殿下のお側にいてはならないのよ」

「好きなのに離れなくてはならなくて、それでゾーイは辛いのね？」

自分でも言葉にできなかった思いを、アンジェは形にしてくれた。その途端、今まで自覚もできなかった悲しみが込み上げてくる。

涙が溢れそうになったそのとき、アンジェが申し訳なさそうに言った。

「黙って話を聞いてあげたかったんだけど、やっぱり言わせて。——ゾーイ。やっぱり殿下ときちんとお話ししたほうがいいと思うの」

それを聞いて、ゾーイはまた失望した。

「殿下はわたしの話なんて聞いてくださらないわ。わたしが殿下をどれだけ説得しようとしたか、アンジェは知らな——」

　意地悪な言い方をしてしまいそうになり、ゾーイは慌てて口を噤む。聞こえただろうに、アンジェは気にしていないというように微笑んだ。

「ね、ゾーイ。説得しようとしたって言うけど、それって『殿下のお側にいてはならない』理由の説明ばかりになっていなかった？　殿下はどうしてもゾーイと一緒にいたいんだから、その説得を殿下が聞き届けてくださるはずがないわよ」

　アンジェの言う通りだ。側にいてはならないと言って譲らなかったゾーイと、どうしても一緒にいたかったアーノルド。話し合いが平行線を辿るのも当然。

　そんな場合、どうしたらいいか。答えは明白だ。

「答えが出たようね」

「え？」

　困惑するゾーイに、アンジェはふふっと笑う。

「顔に出ているわよ？」

　ゾーイは今、どんな表情をしているのだろう。さっぱりわからず、ぺたぺたと顔を触る。

「でもまだはっきりとした結論は出てないみたい。一人で考えたいでしょうから、わたしはこれで失礼するわね」

アンジェはベンチから腰を上げて、ゾーイと正面から向き合う。一緒に立ち上がったゾーイに温かな視線を向けて言った。

「ねえゾーイ。あなたは賢いからいろいろ考えてしまうんでしょうけど、考えすぎてあなたの幸せをなおざりにしないで。王太子殿下だって、あなたを不幸にしてまで一緒にいたいとは思ってらっしゃらないはずだわ。クリスも『殿下はゾーイ嬢の憂いをそのままにするおつもりはないそうだ』って言っていたもの。殿下をもう少し信じて差し上げられないかしら？」

そう言ってから間もなく、アンジェは帰っていった。

——話したいことができたらまた呼んでね。お話をただ聞いてほしいときには、わたしじゃ不向きだったけれど。

私室に戻ったゾーイは、別れ際のアンジェの言葉を思い出して小さく笑う。

確かにただの聞き役には不向きだった。けれど、アンジェの話はゾーイの凝り固まった思考を揺さぶり、気持ちの変化をもたらしていた。

「わたしの幸せをなおざりにしないで、か……」

私室に戻ったゾーイは、書き物机の上に視線を落とし、溜息をついた。そこに並べられていたのは、手紙の束とチョーカーだった。

チョーカーは、監禁中に着けられていたもので、得体の知れない粉や土埃で汚れていた。

ゾーイを清める際に外したのだと、メイドたちから聞いた。ほつれや強く引っ張った際の歪みはあるけれど、汚れはすっかり払われ、ほぼ新品の輝きを放っている。

手紙の束は、兄が持ってきたものだった。離宮を片付けていたメイドが見つけたものだが、アーノルドが意識不明で指示を仰げなかったため、兄に託したのだとか。

宛名がゾーイだったため、兄は屋敷に持ち帰った。「殿下に返してきて」と少々言い争いになった末、ベッドから出られなかった彼女の目に触れないここに置かれることになったらしい。その手紙の束の上には、最近送られてきた未開封の手紙も重ねて置いてあった。

椅子に座り、封を切る。

先日まで酷い拒絶反応を示していたゾーイだけれど、何故あれほど過剰に反応していたのか不思議なほど、今の心は穏やかだった。

手紙には、ゾーイの怪我の具合を尋ねる文章の他、直接会って謝罪したいと書かれていた。誰に読まれるかわからないから書けないのだろう。監禁に関わることは、アーノルドにとってもゾーイにとっても致命的な汚点になりかねない。

そして、いつでもいいから会いに来てほしいとの言葉は、枚数を経るうちに、また読んでもらえていないことへの嘆きの言葉へと変わっていった。

『……嫌われた私は、二度と君に会ってもらえないんだろうか？　君のいない人生を思うと、生きていたくないと思うほど絶望するよ。……』

どうして殿下はこれほどまでにわたしを必要としてくださるんだろう。

彼の求愛は異国の血を引く少女《ゾーイ》を憐れんでのことだと思っていた。ゾーイが大人になっても、その思いを変わらず持ち続けているだけなんだろうと。あるいは、昔交わした約束を果たさなければという義務感からくるものか。

好きだ、愛していると何度言われても、信じることができなかった。

アーノルドがゾーイを愛してくれる理由がわからなかったから。

お聞きしておけば、何かが変わったかしら？

そんな感傷に浸りながら手紙を確認していく。

少し黄ばんだ封の切られた手紙は、封筒と便箋がばらばらになっていた。

アーノルドが読み終えた手紙をベッドの下に落としていたのを思い出す。あのあと、彼が手紙を集めたとは思えないから、侍女たちが集めたのだろう。広げられたままの便箋は、見まいとしても多少は文面が読めてしまったに違いない。アーノルドの狂気を侍女たちに知られたかもしれないと思うとぞっとする。

どの便箋がどの封筒に入っていたかわからないから適当にしまっていくと、最後に一通だけ封の切られていない手紙が残った。黄ばみ具合からして最近のものではない。そういえば、読み上げの最中にアーノルドが「抜けてる」と言っていた。

彼の気持ちが狂気へと切り替わるきっかけがわかるかもしれない手紙。

中身を読むのが怖いと感じた。でも、今の時点でアーノルドを知るために得られる最後の手掛かり。読まないわけにはいかないと、ゾーイは覚悟を決めて封を切る。

開いた便箋に、恐る恐る視線を走らせる。

それは、ゾーイが想像していたような怖ろしい内容ではなかった。

『……ごめん。ゾーイが私に会いたくないのは知っているけれど、今日、こっそり君に会いに行ったよ。最後に会ったのが君が九歳のときだから、実に六年振りになる。君は幼い頃の面影はそのままに、美しく成長したね。横顔がちらりと見えたとき、私は全身に大きな衝撃を受けた。それでわかったんだ。君はわたしの唯一の花嫁だと』

そのあとに、ゾーイの知らなかったアーノルドの内面の話が綴られていた。

ゾーイと出会うまでは退屈だったこと。いつだって虚しさを埋められる何かを探していたこと。ゾーイが側にいれば満たされること。

『君を私から遠ざける者たちがいるのは知っている。だけど、そんな者たちは必ず排除してみせる。だから待ってて。すべての障害が取り除かれたときこそ、二人で交わした約束を果たそう。……』

「……馬鹿ね。この手紙こそ読み聞かせてくださらなくちゃいけなかったんじゃない」

溢れて流れ落ちる涙をそのままに呟く。

泣いているゾーイに気付いたメイドが驚いて声をかけたときには、ゾーイの心は決まっていた。

アーノルドはベッドから出られないのだから、王宮内の最北にある王族の宮殿にいるとばかり思っていた。でも、多忙で滅多に帰宅できない兄に代わって付き添いを引き受けてくれた父に連れてこられたのは、普段政務が行われている三階建ての宮殿だった。

「宰相が急逝して、国王陛下の体調も未だ万全とは言えず、今裁可を下せるのは王太子殿下お一人だ。それで殿下は、宰相の訃報を耳にされてすぐ執務室にベッドを運び入れるよう命じられ、こちらに移ってからは昼も夜もなく執務に励んでらっしゃる」

踏み台が用意され、馬車の扉が開けられるまでの間に、父が説明してくれる。

父の手を借りて馬車を降りたゾーイは、先導する父の斜め後ろを歩きながら尋ねた。

「昼も夜もなくってどういうこと？　殿下はベッドから出られないほど重傷なのでしょう？　安静になさらなくてはならないのではないの？」

ゾーイに歩調を合わせながらも立ち止まることなく、父は問いに答えた。

「そうだよ。だが、政《まつりごと》を止めるわけにはいかない。特に、元帥もいなくなった今は。——軍部は現在混乱している。次の元帥に誰がなるか昼夜争われ、トップがいなくなったのをいいことに自身が預かる部隊を好き勝手にする輩もいる。国境警備や国内の治安維持、訓練といった通常の任務もおろそかになる有様だ。この無秩序をいち早く収めなければ、何の罪もない民に被害が及びかねない。国政についても同様だ。宰相が不在になり裁可が滞ったことで様々な業務が一時停止に追い込まれ、貴重な人員を待機させてしまい、国に損害を与えている。加えて宰相が処理していた案件に不正が見つかった。あの方が見落としたというのは考えにくいから、意図的に見逃していた可能性が高い。国王陛下の御璽《ぎょじ》が捺された書類も、陛下の目を通さず宰相の認可のみで通されたものがあるとの証言もあって、現在国王陛下と宰相が認可した案件の再確認も急がれているそうだ」

深緑の絨毯が敷かれた長い階段を上って二階に着く。大理石の廊下を歩いていく最中、同じ意匠の服を着た男性と何人もすれ違った。多分事務官だろう。皆書類の束を抱えていた。ゾーイが向かう先に、これまで国王や宰相が処理していた書類がきっと集まっている。

そのことに気付いたら、事務官の出入りが激しい部屋に入る手前で足が止まった。

「どうしたんだい、ゾーイ？」

父が振り返って、心配そうに声をかけてくる。

「殿下は無理を押して政務に励んでらっしゃるのでしょう？　だったらわたしは遠慮をすべきなのではない？」

「ゾーイ様がそのようなことを仰って引き返されたとお聞きになったら、殿下は身も世もなく泣き崩れられることでしょう」

躊躇いがちなゾーイの言葉に返事をしたのは、父の向こうから姿を現した人だった。

「ヘデン侯爵……」

「お待ちしておりました。こちらへ」

一歩下がった父に促され、ゾーイはエスコートのために差し出されたヘデン侯爵の手を取る。

そのまま誘《いざな》われて、おずおずと室内に入る。

そこは、至る所に金の装飾が施された、奥に向かって長く広がる部屋だった。壁に沿って置かれた幾つもの机の上で、事務官たちが書類の仕分けをしている。そこから書類を受け取った事務官が、廊下か奥の部屋へと早足で向かう。大勢の人間が立ち働く様子を見て気後れしているうちにいつの間にか奥の扉の前まで来ていて、ヘデン侯爵からまた声をかけられる。

「殿下が執務を行っておられるところをご覧になったことはないのではありませんか？良い機会なので、一度ご覧になってはいかがでしょう？」

先刻「ゾーイ様」と呼ばれたときも気になったけれど、ヘデン侯爵の口調が今までとは違い、主に対するものになっている。ゾーイをすでに王太子妃とみなしているのだろうか。まだ結婚を承諾したわけではないから、何となく釈然としない。

が、そんな気持ちも扉の陰からアーノルドの姿を見た途端に消えた。

執務室は、それに相応しい内装が施されていた。大きな本棚に、隅に寄せられた見事な彫刻と銀の象嵌が施された飴色の長椅子やローテーブル、精緻な模様の織り込まれた一目で高級品とわかる絨毯。

そんな中、重厚な部屋に似つかわしくない、木材を組み合わせただけの質素で小さなベッドが見えた。アーノルドは白地に金の刺繍が施されたガウンをまとい、ベッドの上で枕を背もたれにして座っていた。添え木のされた左腕を吊り下げている姿が痛々しい。

ベッドが小さい理由はすぐにわかった。アーノルドの膝の上には足の短いテーブルが置かれていて、アーノルドの右側に立つ事務官がテーブルに書類を置き、処理された書類は左側の事務官が片付ける。その他にもこの部屋に運び込まれた書類を取りやすいように整える事務官。処理済の書類を受け取って、御璽を捺しているらしき事務官。御璽の捺された書類に吸い取り紙を当て、書類を運ぶ事務官。忙しなく動く事務官たちで部屋の中はいっぱいだった。その中に兄の姿もあったが、ゾーイの目には入らなかった。アーノルドの執務の速さに目を瞠っていたせいで。

目の前に書類を置かれるとすぐ、アーノルドは軽く頷くような仕草で書類に目を通し署名をする。ペンを持つ手を上げるとすぐ書類は入れ替えられ、また一瞬で目を通し署名をする。あまりの速さに、本当に読んでいるのかと疑いかけたけれど、その疑いはすぐに晴れる。

「この計画書に関わる者たちを調査せよ。見直しを命じたはずだが、再提出された計画書は文章と申請予算をほんの少し変えて書き直しただけだ。再提出までの期間の短さも考えると手慣れた感じがする。過去に複数回、不正に手を染めているはずだ。その者たちが関わった書類をすべて精査し、不正が疑われる案件から証拠を掴め」

アーノルドが手元から弾いた書類をベッドの上から拾い上げた事務官が、「すぐに調査をいたします」と言って退室する。

アーノルドがどれほど優秀かはわかったけれど、ゾーイは気が気でならなかった。彼の顔色は悪い。目は虚ろで、今すぐ気絶しないのがおかしいくらいだ。政務が押していることは先程聞いたけれど、無理をして余計に身体を壊したら元も子もない。

「休ませて差し上げるわけにはいかないのでしょうか？」

傍らのヘデン侯爵を見上げて問えば、侯爵は美しい顔にいささかも表情を浮かべず淡々と答えた。

「休養するよう何度進言しても聞き入れていただけないのです。殿下はこう仰っています。『ゾーイが来たら休暇を取る。それまでは、休んでいてはもったいない』と。お越しになるまでの間にできる限り政務を片付け、ご一緒に過ごす時間を少しでも多く確保したいというお気持ちの表れです。ゾーイ様、どうか殿下の御元に。休息を差し上げてください」

最後の一言はそれまでの小声とはまったく違う、力強いものだった。その声に呼応するように、部屋の中でアーノルドの声が上がる。

「ゾーイ……!?」

はっとして振り返れば、アーノルドが目を大きく見開いてこちらを見ていた。ゾーイと目が合うと、その目を逸らさないままベッドから下りようとする。膝の上の机が大きく揺れる。アーノルドのその動きにいち早く気付いた左右の事務官たちはまず書類とインク壺をすくい上げ、次に気付いた事務官たちがペンと机を片付けた。アーノルドはそんな彼らの配慮も眼中になく、自由の利く右手で上掛けを払い除け、ベッドを摑んで少しでもゾーイに近付こうとする。

周囲がおろおろと見守る中、ベッドから転げ落ちそうになったアーノルドを支えたのは、駆け寄ったゾーイだった。

ゾーイは全身を使って、アーノルドの身体をベッドに押し戻す。そのために自身もベッドに乗り上げてしまったゾーイを、アーノルドはひしと抱き締めた。

「ゾーイ、ああ良かった！　来てくれたんだね……！」

拒絶はされまいと思っていたけれど、こんなに熱烈に歓迎されるとも思っていなかった。彼の自分への想いの深さを改めて知って、もっと早く来れば良かったと後悔が過る。

が、ふと視線を感じてそちらに目を向ければ、驚いていたり安堵の表情を浮かべたりしている人々が見える。羞恥に顔を火照らせたゾーイは、力強くアーノルドを押し退けた。

アーノルドは、ゾーイを抱き締めていた腕をあっさりと緩める。

ベッドから下り、後退りながら照れ隠しにぱたぱたとスカートを払うゾーイの耳に、戦慄く声が聞こえてきた。

「ゾーイ！　行かないで……！」

「殿下!?」「おやめください！」

周囲にいる人の口から次々と叫びが聞こえる。

驚いてスカートに落としていた視線を上げれば、アーノルドが痛みに耐えてベッドの上で膝をつこうとしているところだった。

「何してるの!?」

咄嗟に普段の口調が飛び出す。王太子に対して不敬ではあるが、騒ぎに紛れて聞こえなかったのか、誰も咎めはしなかった。

事務官たちの手を振り払うべく右腕を振り回したアーノルドは、ゾーイが側に寄るとまた抱き着いてくる。今度は押し退けることができなかった。

「ゾーイ、離れていかないで。お願いだから側にいてくれ。そのためなら何だってするから……」

ゾーイの胴にしがみつき、アーノルドは嗚咽まじりに懇願する。

焦りや動揺などとはおよそ無縁な人だと思っていたのに、この憔悴ぶりはどうしたことか。「ごめん。置いていかないで。早まらないで」と言われると困惑はますます深まる。

この状況をどうしたらいいのだろう。

助けを求めようと顔を上げると、兄の声が近くから聞こえた。

「殿下はこれから休暇に入られる。速やかに後片付けをして退室せよ」

「お兄様……？」

ぽかんとして呟くゾーイに、少々疲れた顔をした兄が、おどけた笑みを浮かべた。

「人払いしておくから、存分に話し合うといいよ。急ぎの案件は片付いているから、殿下を少なくとも三日は休ませて差し上げてくれ」

「わかったわ。――ありがとう、お兄様」

微笑んで礼を言うと、兄はにこっと笑いながら手を小さく振って離れていき、部屋の隅に立っていた近衛騎士の一人と話を始める。

兄と話をしているほんの少しの間に、ほとんどの事務官がいなくなっていた。残りの事務官も書類を抱え、近衛騎士たちと一緒に出ていく。その最後尾に兄がついていき、最後にウインクを一つ寄越すと、大きく重厚な扉を静かに閉めた。

人目が完全になくなり、ゾーイはほっと息をつく。

みぞおちには、未だしがみつき「ごめん」と繰り返しているアーノルドの頭があった。

プラチナブロンドの、貴金属のような輝きを放つ髪にそっと触れてみる。酔って夢と勘違いしていたときと同じ、柔らかな感触がした。硬質な見た目なのに柔らかいその不思議な髪を、躊躇いがちに撫で始める。

「手紙、読みました。それで、何を謝罪したいんです？」

アーノルドはぴたりと口を閉ざした。力の籠もった腕から、彼の緊張が伝わってくる。

ゾーイはわざとおどけた口調で言った。

「だんまりをされてしまっては困ります。直接会って謝罪したいって手紙に書いてあったから来たのに、わたしはどうすればいいの？」

「……怒ってない？」

「え？」

少し間を置いて返ってきた言葉に、ゾーイは戸惑う。

「手……」

言われて、アーノルドの髪を撫で続けていたことに気付いた。ゾーイは慌てて手を離す。

「ごめんなさい。手触りがいいものだからつい」

「撫でてくれるってことは、許してくれるってこと？」

甘えたことを言うアーノルドに、ゾーイはちょっとだけむっとした。

「何のことで謝っておられるのかわからないので、謝罪のお受け取りはできません」

つんとして答えると、アーノルドはゾーイにしがみついていた腕をほどき、のろのろと身体を起こした。

「……謝って許してもらおうなんて、虫が良すぎたね」

目を逸らし自嘲するアーノルドに腹が立ち、ゾーイは礼儀を忘れた口調で文句を言った。

「許さないなんて言ってないわ。なのにひねくれたことを言うなんて、殿下も大概独りよがりよ」

アーノルドは驚いた目をゾーイに向け、それから弱々しく笑った。

「そうだね。私も独りよがりで、――狡《ずる》いことを言った。受け取るかどうかはともかくとして、謝罪を聞いてくれる？」

ゾーイが神妙に頷くと、アーノルドはぽつぽつと話し始めた。

「君の承諾を得ずに離宮にかくまってごめん。君が酔っていたのをいいことに、君という花を手折ってごめん。君の気持ちを考えずに好き勝手し続けてごめん。言い訳になってしまうけれど、君が舌を嚙み切ろうとしたときだって、私は理解していなかった。君がまた命を捨てるような真似をしてでも私のもとから逃げようとするだなんて、思ってもみなかったんだ」

ゾーイは、いっとき死んで解決しようとした自分を恥じつつも混乱していた。

舌を嚙み切ろうとしたとき以外に、わたしが死のうとしたことなんてあった？

「えっと……それはどういう……？」

困惑したゾーイに、アーノルドは滔々と語った。

「君が舌を噛み切ろうとしたときは、衝動的なものだと思ったんだ。君がいなくなれば私を救うことができるという短絡的な考えからきたものだと。だから酷い怪我をしたふりをして、君が死ねば私も死ぬと脅しておけば、君は二度と馬鹿な真似はしないと思い込んでいた」

ものの見事に言い当てられ、ゾーイは居たたまれないほどの羞恥に見舞われる。が、続く言葉にあっけに取られる。

「でも、君は危険を顧みずに離宮から逃げ出した。近くで戦いが行われていたにもかかわらず、親戚の男がいたとはいえ、見ず知らずの男たちについていって、自分の命を危険に晒したんだ。君だったら、それがどれほど危険な行為か理解できたはず。なのに奴らについていったということは、よほど私のもとにいたくなかったんだろうと」

「ちょっと待って！」

ゾーイは慌てて止めた。俯いていたアーノルドは、後悔に濡れた目を上げる。申し訳なく思いながら、ゾーイは恥を忍んで説明した。

「逃げ出すとき、死ぬかもしれないなんて少しも思わなかったの。幼い頃の記憶のままにスティーブのことを頭から信用して、怪しい出で立ちをした男たちのことも、スティーブが行動をともにしている人たちだから大丈夫だと考えてしまいました。わたし、殿下が思ってくださるほど頭が良くないんです。危険な状況だと気付いたときにはもう逃げられなくて、死んだとしても自業自得だと覚悟もしました。——最初に言うべきだったのに、遅くなって申し訳ございません。助けてくださってありがとうございました」

ベッドから一歩離れ、胸に手を当て首を垂れる。

しばしの沈黙ののち、そろりと頭を上げると、アーノルドは気の抜けたような顔をしてぽかんと口を開けていた。

「殿下？」

「……じゃあ、死ぬほど私から逃げ出したかったわけではない、と？」

二度と見ることはないんじゃないかと思えるほどの間抜け顔に笑いをこらえ、ゾーイは安心させるように「はい」とはっきり頷く。

アーノルドはほっとしたようだったけれど、すぐ申し訳なさそうに目を伏せた。

「すまなかった。君が危険に晒されることになったのは、私が君に報せておくべきことを隠していたせいだ。——君の親戚の男については、ドミニクから報告を受けていた。それを君に伝えておけば、ついていってしまうことはなかっただろうに」

「いいえ。あのときのわたしは殿下の話に聞く耳を持っていなかったわ。教えてもらっていても、殿下からの忠告を無視してついていったと思う。だから、教えてもらわなくて正解だったのよ。誤解させて、気に病ませちゃってごめんなさい」

謝罪したゾーイに、アーノルドは狼狽えた。

「いや、私も意地になって君の気持ちを聞こうとしなかったから」

「そうね」

ゾーイがあっさり肯定すると、アーノルドはしゅんとしてしまう。

「そうだね……ごめん」

「お互い相手の話を聞かなかったのがいけないですよね。そういうことでいいですか？」

元気付けるように明るく言ったけれど、彼はまだ何か気にかかる様子で視線を彷徨わせる。

「殿下？」

「ゾーイ、君はそれでいいのか？　私は君を屋敷から連れ出して……」

アーノルドが何を言おうとしているか察して、ゾーイはかぁっと顔を火照らせる。お腹の前で両手を落ち着かなげに組み合わせ、もじもじしながら打ち明けた。

「こんなことを言うのははしたないとわかっているんだけれど、その……拒みはしたけれど、本当は嫌じゃなかったの。特に酔っているときはすごく幸せで——だっ、だからいいのよ！」

最後はやけくそに言い捨てる。それでも嬉しかったようで、アーノルドは感激の笑みを浮かべて両腕を広げた。

「ゾーイ……！」

抱き着いてこようとしたアーノルドを、ゾーイは手のひらを突き出して止める。すると彼は悲しげに眉をひそめた。美しい顔でその表情をされると、庇護欲をそそられて受け入れてしまいそうになる。

でもここは譲ってはならない。ゾーイは自分の手のひらの向こうを覗き込み、アーノルドのアクアマリンの瞳を挑むように見据えた。

「殿下。話はまだ終わっていません。わたしたちの間には根本的な意見の相違があるではありませんか」

「――ゾーイが私から離れるという話なら聞かないからな」

アーノルドが身体を退けたのを確認して、ゾーイは手を下ろす。

「お互い相手の話を聞かなかったのがいけないという話をしたばかりですよ？」

呆れて溜息をつくと、アーノルドは拗ねる子供のように目を逸らした。

「これぱっかりは、絶対に譲れないんだ」

今のアーノルドに、十代の頃の彼の姿が重なって見えた。

――おまえの両親のように、一生一緒にいると約束することだ。

あれは八歳のときだったから、もう十年になるのか。それほど長い年月、その思いを貫いてきてくれたと思うと、ゾーイの胸に切ないほどに溢れてくる想いがある。

好き……。

で答えた。

「――ゾーイ？　どうかした？」

怪訝そうに声をかけられ、はっと我に返る。目に溜まった涙を瞬きでそっと隠し、笑顔
「いいえ、何でもないです」

今はまだ、伝えない。話が終わっていない、今はまだ。

ゾーイはスカートのポケットを探り、中に入れていたものを取り出した。

「私が贈ったチョーカー……？」

困惑気味なのは、ゾーイがそのチョーカーをアーノルドの首に当てたからだろう。

「……ゾーイ、何をしてるんだ？」

「あなたに着けようとしてるのよ。――ちょっと伸びちゃってるからいけるかと思ったけど、やっぱり長さが足りないわね」

ゾーイは小さく溜息をついてベッドの端に置いた。

「ゾーイ、それは君に誂えたものだよ？　男の私の首に回るわけがないじゃないか」

「でも、わたしに首輪は要らないもの」

アーノルドの目を覗き込んで言い切ると、彼は気まずげに目を伏せた。

「バレていたのか」

「バレないわけないわ。わたしがぼうっとしてたのをいいことに、ご自分で首輪って言っ

ていたでしょう？　――でも、それは今はどうでもいいの。条件があるのよ」

唐突な話運びに、アーノルドは不思議そうに「条件？」と言葉を返してくる。

ゾーイは頷いて返事に代えた。

「わたし、怖かったの。殿下が楽しそうに残虐なことを言うのもだけど、何より、殿下がわたしのせいでご自身の命を危険に晒してしまうところが」

「それは君が自分の命を大事にしないから……！」

慌てて言い訳するアーノルドに、ゾーイは素直に謝る。

「わたしが衝動的だったり迂闊だったりしたことで、殿下に心配をかけてしまったことは申し訳なく思うわ。でも、これから先は？　わたしがどんなに気を付けていても、身の危険に晒されるかもしれない。特に、殿下との結婚が間近に迫っている今、それを阻止したいと思う貴族たちがどんな行動に出るかわからないわ。何かあったとき、殿下がまた命を懸けてわたしを助けようとするかもしれない。今回は命は助かったけれど、次は助からないかもしれない。そう思うと怖くて仕方ないの」

「ゾーイ……」

白くほっそりした手が震えているのを見て、アーノルドは言葉を失ったかのようだ。

殿下にわたしの言葉が届いてる。これなら理解《わか》ってもらえるかもしれない。

ゾーイは逸る気持ちを抑えて話し続けた。

「わたしが殿下の妃になったって、何の助けにもならないどころか、むしろ殿下の名誉に傷を付け、治世の妨げになってしまう。その考えは今でも変わらないわ。わたしは殿下から離れたほうがいいと思っていることも。でも、殿下が命を落としてしまわれたら元も子もないじゃない。だから妥協点を見つけることにしたの」

これがアンジェの話を聞いて気付かされた〝答え〟。

アーノルドはゾーイと離れたくない。ゾーイはアーノルドのために離れたいと思っている。この二つの願いを同時に叶えるのは不可能。だったらどうすればいいか。

——妥協点を探せばいい。

「妥協点を見つける？」

困惑するアーノルドをまっすぐ見据え、ゾーイは彼に言い聞かせる。

「残酷なことはしないで。明確な罪のない人を裁かないで。自分の命を大事にして。——それを守ってくれる限り、わたしはあなたの側にいるわ」

「ゾーイ……本当に……？」

アーノルドは顔を輝かせ、感激に声を震わせる。また抱き着いてこようとしたのを、ゾーイは両手で押し止《とど》めた。

「ただし！　わたしが今出した条件を守ってくださらなければ、妃になったあとでも殿下から離れますからね！」

「わかった！　わかったよ！　約束は必ず守る！　ああ夢みたいだ、ゾーイが側にいてくれるって言うなんて……！」

感極まったアーノルドを押し止められるだけの力はなく、ゾーイは抱き締められてしまう。力いっぱいの抱擁に苦しくなりながらも、ゾーイは幸せだった。口から出たのは憎まれ口だったけれど。

「……やっぱり殿下に首輪をつけたいわ」

抱擁を解いて顔を覗き込んできたアーノルドが、不思議そうに首を傾げる。

「どうして？」

「何となく？」

ゾーイも同じように首を傾げると、アーノルドは小さく噴き出した。

「じゃあ、ゾーイが私の首輪になってくれたらいい」

ゾーイもおかしなことを言ったが、彼はそれ以上だ。どういうことかわからずきょとんとしていると、アーノルドは楽しげに微笑んで説明する。

「私が残酷なことをしようとしたら、ゾーイ、君が止めてくれたらいい。明確な罪があるかないかも、君の判断に従う。君の安全が確保できる限り、私は自分の身を危険に晒さない。その点、私の側なら安心だ。何しろ、我が国精鋭の近衛騎士が守っているからな」

ちょっとおどけた言い方に、ゾーイはくすっと笑いを漏らす。しかし、すぐに表情を曇らせる。

「殿下の判断に口出しをしてしまっていいの？　国がせざるを得ない重要な決断を、物を知らないわたしが捻じ曲げてしまわないか不安だわ」

「それこそ〝妥協〟だよ。君の判断通りにできないときはちゃんと説明する。説明した上で判断を君に委ねる。賢い君なら、きっと理解した上で正しい判断ができるよ」

「でも、殿下がなさることは国家機密がほとんどでしょう？　わたしに聞かせられないことが多いのではない？」

なおも不安げに問いかけるゾーイに、アーノルドはおかしそうに笑う。

「君が私の妃になるのなら、逆に知っておいてもらわないと。それに、他国から嫁いできたのならまだしも、我が国一の重臣の娘でもある君に話してはいけない機密なんてない」

「〝私の妃〟――」

無意識に繰り返してしまい、かっと頬が火照った。今頃になって照れくさくなってくる。

本当にわたし、殿下と結婚するのかしら？

未だ信じられない思いがして、熱い頬に手を当てたゾーイに、アーノルドが手を差し伸べる。

「ところで、まだ一度も正式に申し込んでいなかったね。――ゾーイ・ハンセル嬢。私、アーノルド・セントヴィアー・ベルクニーロは、あなたの意向に従います。ですから、どうか私の妃になってくださいませんか？」

「はい、喜んで……」

胸がいっぱいになってありきたりな言葉しか出てこない。それでも差し出された手に自分の手を重ねると、彼はこの上なく嬉しそうに微笑んだ。

その直後、ゾーイは力強く抱き締められ、噛みつかれるように口付けされた。そのまま二人してベッドに倒れ伏し、舌を絡ませ合う深いキスをする。息継ぎの合間にゾーイは声をかけた。

「んっ殿、下……」

「アーノルドって呼んでくれないのか？」

「ア……アーノルド……」

喘ぎながら名を呼べば、アーノルドは嬉しそうに微笑んで再び唇を重ねようとする。それを手で遮って、ゾーイは遠慮がちに言う。

「アーノルド、あの……休んでほしいのですけど……」

「君が側にいて嬉しい言葉を言ってくれたのに、眠れるわけがないじゃないか」

アーノルドはそう返事をしながら、片手でゾーイのドレスを脱がしていく。

「でも、ここは執務室で……」

今は誰もいないとはいえ、事に及べばきっと誰かに気付かれる。乱れたベッドを片付ける侍女などに。想像してしまうとたまらなく恥ずかしい。頭の良いアーノルドがそのことに気付いていないわけがないのに、彼は諦めずに言う。

「一度ゾーイと一つになれれば、そのあとはぐっすり眠れると思う。——私を支えたいと思ってくれているんだろう？」

それを言われると断り切れない。ゾーイは大人しくされるがままになる。

が、不意に動きを止めて何かに耐えるアーノルドを見て慌てた。

「どうしたの!?」

「いや、足がちょっと」

見れば、右足の脛にも添え木がしてあった。足も骨折したと聞いていたので、多分そこだろう。

「やっぱりやめましょう」

「嫌だ。安静にしていればまったく痛くないんだ。ただ、今はちょっと足をひねってしまっただけで、慎重にしていればどうということはない」

あくまで大丈夫と言い張るアーノルドに呆れつつも、ゾーイは覚悟を決めた。ベッドから下りると、アーノルドに手を貸す。

「わかったわ。じゃあ慎重に仰向けになって」

「だから私は寝ないと」

「眠れと言ってるんじゃないわ。仰向けのほうが足が辛くないでしょう？　さあ早く」

ゾーイに急き立てられて、アーノルドはしぶしぶ仰向けになる。ヘッドボードに立てかけてあった枕をアーノルドの頭の下に入れると、恥じらいをかなぐり捨て、途中まで脱がされたドレスを勢い良く脱ぎ捨てる。シュミーズとドロワーズ、ストッキングだけの姿になったゾーイは、脱いだドレスで胸を隠し、羞恥に頬を赤くして尋ねた。

「こっ……このあとはどうしたらいい？」

恥を忍んで尋ねれば、アーノルドは一瞬目を丸くして、それから嬉しそうに微笑んだ。

「じゃあドロワーズを脱いで私に跨って」

とんでもない返事に卒倒しそうになったけれど、羞恥に耐えて言われた通りにしてみれば、これがなかなか都合が良かった。恥ずかしい場所を隠すドロワーズを取り払っても、仰向けになったアーノルドに跨ってしまえば彼からは見えない。怪我はしていても身体が大きく筋肉も衰えていないアーノルドにしてみれば、細身のゾーイが乗ったところで何の負担にもならない。

ただ、困ったことが一つ。

アーノルドに言われるままに、ゾーイは彼の臍の下あたりからみぞおちへと移動した。彼の顔の両側に手をついて、ゆっくりと身体を屈めていく。

「ほら。乳房の先を私の口まで持ってきて。まだ遠いよ。これだと乳首を舐めしゃぶってあげられないよ？」

ゾーイは羞恥に顔を火照らせた。

「そういうことは言わないで……！」

「言わなきゃわからないだろう？　――そのまま下に下げて。ああ、ぷっくり紅く膨れて美味しそうだ。ゾーイと私が満足するまで可愛がってやろう」

「だからっ、そういう恥ずかしいことは言わないで……あっ！」

重力でほんの少し垂れ下がったゾーイの慎ましい胸の先端を、アーノルドは熱い口に含みぺろりと舐め転がす。それだけで痺れるような快感が全身を駆け巡り、無意識に仰け反ってしまいそうになる。

そんなゾーイの身体を右腕だけで抱え込むと、アーノルドは吸ったり軽く歯を立てたりと、左右の胸に等しく愛撫を繰り返した。刺激がやまないからゾーイはその度に痙攣してしまい、快楽が染み通った身体からは力が抜け、アーノルドの上に突っ伏してしまいそうになる。

慌てて両腕に力を籠めぐっと身体を起こそうとすると、身体の中にも力が入り、蜜壺からとろりと蜜が零れる。自分がどのような格好で座っているかを思い出し、ゾーイは焦って腰を浮かした。そのままアーノルドの上から退こうとするも、彼の左手に腕を捕まえられて身動きが取れなくなってしまう。無理に逃げると怪我に障りそうだ。

困って見下ろせば、ガウンの前を開《はだ》けただけで夜着に身体を包んだままのアーノルドがにやりと笑う。

「そのまま後ろに下がっていって」

その笑みを怪しみながらも、「もっと下がって」「もっと」と言われるままに、彼の太腿辺りまで下がる。と、アーノルドは自身の下衣の紐をほどいて少し下げた。すると中から窮屈そうにしていたものが飛び出す。陽の光が差し込む明るい部屋の中で初めてそれをまともに見て、ゾーイは思わず息を呑んだ。

大きい……！

雄々しく勃ち上がった彼のものの太さと長さに、自分の中に入るだろうかと怖気づきながらも、身体はこれまでに与えられてきた快楽を期待して奥底からじゅわりと蜜を生み出す。その蜜が蜜壺の中を流れ落ちるのを感じ、ゾーイは狼狽えた。

「今度は前に来て」

「え？　でも、それだと……」

膝立ちしているゾーイでは、彼のものに触れずに越えることはできそうにない。

ゾーイの躊躇いに気付いてか、アーノルドはまたにやりと笑った。

「君の可愛いここで、私のものを擦ってほしいんだ」

「あんっ」

不意に敏感な花芯に触れられて、ゾーイは思わず喘いでしまう。恥ずかしさに頬を熱くしていると、アーノルドはまた促してきた。

「君の淫らな姿が素敵すぎて、そろそろ我慢できそうにないんだ。私が醜態を晒す前に、いいかな?」

言われて気付いたゾーイは、慌ててシュミーズを引き上げ胸を隠した。それまでシュミーズの広い襟首から胸の膨らみを晒け出していたのだった。全裸でいるよりいやらしい自分の痴態を恥じて肩をすぼめ縮こまっていると、アーノルドは少し身体を起こしてゾーイの腰をぐっと引き寄せる。咄嗟に両手をついて彼の上に倒れ込むのは免れたけれど、秘部に彼のものが擦れてまた息を呑んだ。

「ああ……ほんの少し触れただけなのに、今にも達してしまいそうだ。でも、久しぶりなのにすぐに終わってしまうのはもったいないよ。君が頑張ってくれたら私もゆっくり休めて、また頑張れると思うんだ」

甘い笑みを浮かべてそれを言われてしまったら、もう従うしかない。——そんな言い訳を自分にしてしまった直後、ゾーイは首を振ってその考えを振り払う。

ううん。わたしだってしてみたいと思っているでしょ? アーノルドのせいにしてしまうなんてズルいわ。

ゾーイは羞恥を振り払って倒れかかっていた身体を起こし、花芯をアーノルドのものに擦り付けた。

「これでいいの？」

ぶっきらぼうな言い方になってしまったのは、恥じらいをまだ捨て切れていないから。

気付いているのだろう。アーノルドは不快になるどころか、むしろ嬉しそうに笑みを深める。

「いいよ。ゾーイはどう？　君にも気持ち良くなってほしい。好きに動いて気持ちいいやり方を見つけてごらん」

そうは言われても、羞恥が先に立って単調な動きを繰り返すので精一杯。

するとアーノルドがゾーイの腰を掴み、ぐっと引き下ろした。

「あぁっ！」「んっ」

それまで掠める程度だったのに、アーノルドの上に座り込むような格好になって、強く擦れ合う。あまりの快感にたまらず声を上げたゾーイと同時に、アーノルドも低く呻いた。

アーノルドもさっきまでの刺激では物足りなかったのか。そのことに気付くと彼をもっと悦ばせたくなって、ゾーイは羞恥を忘れ大胆になっていく。秘部を押し付けるようにして腰を前後に振り、彼のものを擦り上げる。蜜口から蜜が零れていることも、もう恥ずかしくはなかった。

彼のものが蜜で濡れていくにつれてゾーイの腰の動きは滑らかになり、ゾーイ自身も刺激されて、快楽を追うことしか考えられなくなる。シュミーズの襟首から再び胸がまろび出てしまったけれど、ゾーイが気付くことはなかった。

「あっ……アーノルドッ……気持ち、い……っ？」

「ああ……気持ちいいよ……私の上で乱れている君は、まるで精霊のようだ……」

そのうち、それだけの快楽では物足りなくなってきて、ゾーイはより大きく腰を振る。するとと彼の先端が蜜口に引っかかって、同時にそこに彼が欲しいのだと気付いてしまった。

アーノルドはゾーイの動揺に気付き、助け船を出した。

「そろそろ限界だ。ゾーイ。私を君の中に受け入れてくれないか？」

そう言いながら、ゾーイの腰を摑んで導く。

「ほら。そこからゆっくり腰を下げていけばいい。——怖がることはない。君はもう数え切れないほど私のこれを受け入れているんだから」

最初に見たときより大きくなっているそれに不安を抱きながら、ゾーイはそっと腰を下げていく。不安は的中して、入り口で引っかかってしまうとそれ以上入っていかない。力を入れても上手くいかず諦めかけたそのとき、アーノルドがゾーイの腰を摑んで、自身の腰を突き上げた。

とたんに、それまで何度頑張っても入らなかったそれが、大きな質量を感じさせながら最も奥深くまで入ってきた。今までにない圧迫感と、ごつんと音がしそうなくらい最奥を叩

かれた感触に、強烈な快感を覚えてゾーイは息を呑む。

衝撃から覚め始めたところで、右手でゾーイを支えてくれていたアーノルドが言う。

「さあ、さっきみたいに腰を前後に動かしてみて」

アーノルドは事も無げに言うけれど、そう簡単なことではない。先程までと違って彼を身体の中に受け入れているのだから、慣れなくて動きがぎくしゃくしてしまう。それでも試行錯誤しているうちに、次第に動けるようになってきた。忙しく動いているゾーイだけでなく、ベッドに横たわっているだけのアーノルドの息も、次第に上がってくる。

「ゾーイが私に抱かれるとき、こういう気分っ、なのかな……ッ？」

「黙っていて」

恥ずかしいことを言われると、集中力が途切れてしまう。忘れたつもりになっていた羞恥に襲われて、きっと身動きできなくなる。

顔を赤く染めて恥ずかしさに耐えているゾーイに気付いたのだろう。アーノルドは言われた通りしゃべるのをやめ、代わりに右手を上げて、彼の身体の左右に手をつき前屈みになっているゾーイのあらわになった胸を鷲掴みにする。

「んぁっ」

多少乱暴にされても、今のゾーイには快楽として感じてしまう。彼が胸を揉みやすいように身体はさらに前屈みになり、より多く快感を得ようと、腰の動きが速くなる。アーノルドは両手でゾーイの腰を摑み、その動きを助けた。

「あっああっ、アーノルド……！」

「ゾーイッ……ゾーイ……ッ」

二人は一緒に快楽の頂点へと駆け上がっていった。

＊　＊　＊

上掛けに包まり傍らで丸まるゾーイの髪を、アーノルドが優しく梳く。ゾーイの髪はほとんど絡まない。つるりとしてしなやかな黒髪は、ちょっと撫でつけただけで、丹念にくしけずったかのように艶やかになる。想いが通じ合わなければ、二度と触れることは叶わなかった。今の幸せを嚙み締めながらアーノルドはしみじみ思う。

ふと、気になることがあって、そっと尋ねてみる。

「今まで頑なに私を拒んできたのに、どうして〝妥協〟することにしたんだ？」

まどろんで少し呂律の回っていない声でゾーイは語る。

「……アンジェに言われて気付いたの。わたしたち、自分の主張をするばかりで、ろくな話し合いをしてなかったなぁって。平行線を辿って話し合いにならないなら、どこかに妥協点を見出さなくちゃって思ったんだけど、そのときに〝首輪〟のことを思い出したの。

わたしがあなたの中の狂気を飼い慣らしたらいいって」

「〝飼い慣らす〟……」

目が覚めていたらきっと言わなかったであろう言葉を耳にして、アーノルドはあっけに取られる。そんなアーノルドに気付かず、ゾーイはつらつらと話を続ける。

「それと、アンジェがヘデン侯爵から伺ったそうだけど『殿下はゾーイ嬢の憂いをそのままにするおつもりはない』ですって？　それを信じてみようと、思っ……たの……」

ゾーイの言葉が切れ切れになってくる。そろそろ寝落ちしそうだと微笑ましく見つめていると、唐突にゾーイが身体を起こす。

「あ！　言い忘れるところだったわ！　十年もの間、わたしを諦めないでいてくれてありがとう。――好きよ」

今言われるとは思ってもいなかった言葉に、アーノルドは大きく息を呑む。その驚いた顔に気付いた様子もなく、ゾーイはふにゃりと微笑んだ。

「わたしも、あなたの、こと、が……」

「ゾーイ!?」

しゃべりながらベッドに倒れ込んだゾーイを見て、慌てて肩に手を置き揺さぶる。が、返ってきたのはすうすうという寝息だった。アーノルドは妙に脱力した。

一番欲しかった言葉を、こんな形で口にしてくれるとは。

「……行動が読めないところも、君は本当に猫みたいだよ」

再び丸くなったゾーイに、アーノルドは上掛けをかけ直す。すっかり寝入ったゾーイの顔は、疲労の陰はあるものの穏やかだ。

苦笑してその寝顔を眺めていたアーノルドは、先程の話を思い起こし、眉間に皺を寄せ少し考え込んだ。

自分はクリストファーにそんな話はしていない。

正直に言うと、崖を飛び下りてゾーイを助けたあと、アーノルドは手詰まり感を覚えていた。どうしたら、ゾーイの意思で自分の側にいてもらえるようにできるかわからない。ゾーイが死を覚悟してもアーノルドから逃げようとしたと思い込んでいたから尚更だ。

結婚は強行することに決めたものの、ゾーイがまた自ら命を絶とうとしないかと気が気でならなかった。だからゾーイの姿を見て、アーノルドは恥も外聞もなく縋ってしまった。この機を逃せば、二度と会えなくなるのではという恐怖に駆られて。

だが、結果は思いがけないハッピーエンドだ。どうしてそうなったか、気にならないわけがない。そこで尋ねてみたところ、思いがけない助け船があったことを知った。

――奥方のことでお世話になったから、引き続き全力で協力すると言っていました。

離宮でドミニクがそんなことを言っていたのを思い出す。その言葉通り、クリストファーはアーノルドの恋の成就に、できれば利用したくなかったであろう奥方を使ってまで協力してくれたというわけだ。

そのお礼をしたいと思ったが、改めて何かを考える必要はないことを思い出す。

クリストファーには、潰してしまった新婚旅行の代わりに、これから一年ほどかけて各国を回る親善訪問を命じる予定になっている。彼を宰相に任命したのちに行われるそれは、〝麻薬〟について話し合うべき各国の首脳陣に対する誠意であり、諜報や裏工作に長けた配下を持つクリストファーだからこそできる後始末でもあった。

とはいえ、クリストファーは配下への指示と報告の受け取り、各国の首脳陣に使った切り札がきちんと効いているか確認するくらいしかやることはないから、奥方と観光を楽しむ時間も十分取れるだろう。

クリストファーが言ったという言葉は完全な出まかせではない。アーノルド自身、問われていればそのように答えたはずだ。

私は、ゾーイの憂いをそのままにするつもりはない。

彼女の憂いを含む気掛かりは、一つ残らず解消する。そのために報復を諦めなくてはならなくなったとしても。

アーノルドは再び身体を横たえ、上掛けに包まれたゾーイの身体を抱き寄せた。

「仕方ない。飼い慣らされてあげるよ」

そう呟いて目を閉じたアーノルドの顔には、満足げな笑みが浮かんでいた。

エピローグ

王都にいる貴族の当主すべてに王太子から招集がかかったのは、ゾーイがアーノルドの側にいるようになって二日後のことだった。

玉座の代わりに安楽椅子の置かれた大広間。未だ左腕と右足に添え木をした王太子が安楽椅子に身体を預けている状況で、謁見が行われた。

謁見の最中、王太子の婚約者がずっと付き添っていた。体調が思わしくない王太子を気遣い、彼が辛そうにしていれば、体勢を変えるのを手伝ったり、熱が認められれば熱さましを飲ませたり。

そうした介抱がしやすいようにか、婚約者は女官のような飾り気のない、スカートもほとんど膨らませていないドレスを身にまとい、長く滑らかな黒髪をうなじのところで一括りにしていた。謁見を許された貴族たちの話に決して口を挟まず、具合が次第に悪くなっていく王太子に中止を進言することもなく、ただただ王太子が拝謁を受け続けられるよう尽くし続けた。

王太子も、途中熱のせいで酷く震えても、熱が下がってきて額から汗を噴き出すようになっても、婚約者に毛布をかけさせたり汗を拭かせたりして、最後の一人の謁見が終わるまで耐え抜いた。

貴族たちは、自分の順番が終わっても、ほとんどがその場に残って謁見の様子を見守っていた。

血統主義派の筆頭であったボース公爵が反逆の罪で服毒自殺した今、現在罪に問われていなくても、同派閥にあった貴族たちは降格や、最悪地位を取り上げられるのではと恐れていた。

だが、生まれたときから血統主義を植え付けられてきた彼らは、そう簡単に考えを変えることはできない。主義を貫くか家の存続を優先して主義を曲げるか。悩む彼らに、アーノルドは謁見前、こう告げた。

——血統主義派の者たちは、過日の反乱のせいで自分たちの去就に不安を抱いているかもしれないが、案ずる必要はない。叛意なくばそなたたちを罰することはないし、我が婚約者を卑しい血とみなし蔑んだことがあったとしても、その他の貴族たちと差別して冷遇することもない。これは我が婚約者の意思である。『反乱は彼らの罪ではない。多くの貴族が失脚した今、残っている血統主義派まで排除すれば、国の支えが不十分になってしまう。彼らにチャンスを与えることは、国のためになるはずだ』と。

処分がまだ決まっていなかったボース公爵家の者たちは、身分と地位は取り上げられたものの、一部財産を持って元ボース公爵領の一角に小さな土地を得て細々と暮らしていくことを許された。反逆者を出した家に対する処分としては寛大すぎるほどのものだった。

この話が広まると、血統主義派のみならず、他の貴族たちも安堵する。無慈悲な一面のある王太子だが、よほどのことがない限り未来の妃が諭し公正さを説いてくれるであろうと。

だが、このときの貴族たちは気付かなかった。

血統主義派はこの一連の出来事のせいで反逆者の一味と陰口を叩かれ、肩身の狭い思いをするようになる。血統主義派を声高に名乗る者は一人また一人と減っていき、代替わりなどを機に血統主義との決別を宣言する。

そうして数十年の時を経て、ベルクニーロから血統主義は根絶されたのだった。

あとがき

こんにちは。この本をお手に取ってくださりありがとうございます。

この作品は既刊『お義兄様の籠の鳥』のスピンオフに当たりますが、『お義兄様』をお読みいただかなくてもわかる内容になっています。むしろ、お読みいただいた方は戸惑うかも。アンジェが社交界に疎いのをいいことに、今回設定を盛りに盛りました。今作で語られている歴史は、国にとって不都合な内容が多いため、普通の勉強では教わらないというのもあり得るかな、と。何しろ、時代のモチーフは近世以前なので。

イラストを担当してくださった駒城《こましろ》ミチヲ先生、今作でもありがとうございます！　カバーイラストは崇高なまでに美しく、拝見したとき打ち震えました。終盤のピロートークはカバーイラストから着想をいただきました。イラストの雰囲気は出せませんでしたが。ヒロインが意外とコメディ体質だったのがいかんのです（責任転嫁・笑）

編集の方々には、毎度ご面倒をおかけしてすみません。主役二人の恋愛感情が第一稿を書き終えるまでに決まらないのは、もはや私の癖ですね。いや、開き直ってないで反省しますが。書きたかった話を書かせていただき大満足です。ありがとうございました！

読者の皆様にも満足していただけますことを祈っています。

市尾彩佳

Sonya
ソーニャ文庫

この本を読んでのご意見・ご感想をお待ちしております。

◆ あて先 ◆
〒101-0051
東京都千代田区神田神保町2-4-7 久月神田ビル
㈱イースト・プレス　ソーニャ文庫編集部
市尾彩佳先生／駒城ミチヲ先生

王太子殿下《おうたいしでんか》のつれない子猫《こねこ》

2023年5月6日　第1刷発行

著　　者　市尾彩佳《いちおさいか》
イラスト　駒城《こましろ》ミチヲ
編集協力　蝦名寛子
装　　丁　imagejack.inc
発 行 人　永田和泉
発 行 所　株式会社イースト・プレス
〒101－0051
東京都千代田区神田神保町2－4－7 久月神田ビル
TEL 03－5213－4700　　FAX 03－5213－4701
印 刷 所　中央精版印刷株式会社

ISBN 978-4-7816-9746-8
定価はカバーに表示してあります。

Sonya ソーニャ文庫の本

待っておいで、君はもうすぐ私のものになる。

田舎の修道院で育ったアンジェは、突然、義兄と名乗るヘデン侯爵クリストファーに引き取られる。彼に惹かれるアンジェだが、血の繋がらない義兄妹とはいえ近親婚は禁忌。思い悩み、彼と距離を置こうとする。しかし、クリストファーはそんな彼女を激しくかき抱き——!?

『お義兄様の籠の鳥』 市尾彩佳

イラスト 駒城ミチヲ